逝きたいな ピンピンコロリで 明日以降

三浦明博
Akihiro Miura

講談社

目次

装画　ひらめぐ商店
装幀　アルビレオ

逝きたいな　ピンピンコロリで　明日以降

もの忘れ

浅野拓三　68歳

今日もまた　アレ・コレ・ソレで　日が暮れて

＊

「ちょっと出かけてくる」

居間でお茶を飲みながら新聞を読んでいた、妻の久枝(ひさえ)に声をかけた。

「どこに行くんですか」

「アレを借りにいくんだ、ほら、ソレで見る……」

浅野拓三(あさのたくぞう)はテレビの下のＤＶＤプレーヤーを指さす。

「はい、百円ね」

久枝がテーブルの上の貯金箱を指さして言った。

「本当は、アレとソレで二回だから二百円だけど、この貯金箱はいちおう〈アレ貯金箱〉っていう名前だから、百円におまけしてあげる」

拓三は舌打ちしてから、財布の百円硬貨をとり出してスリットに入れた。チャリンと憎々しげな音が響く。このところ、特に拓三の会話の中にアレとかコレが急激に増えたため、脳みそ活性化との名目で妻がはじめた貯金箱である。

「つまり、DVDを借りにいくのね」

ふてくされて何も答えず出ようとしたら、彼女が追い打ちをかけてくる。

「また映画、よくもまあ飽きずに……」

無視して外へ出て、玄関脇に停めてある自転車にまたがり、近所のレンタルビデオ店に向かった。古い映画をじっくりと選んで、まとめて何本か借りて戻る。まっ昼間から家で好きな映画を楽しめるのも、リタイアした身の特権だと思うと、家に着いた頃には気分はすっかり持ち直していた。

久枝は庭の雑草取りをしていたが、今度は何も言ってこなかった。あまりに無視されると、逆に教えたくなってくるのが不思議だ。

「じつは、映画の名作をまとめて見ようと思いついたんだ。名づけて、えーと何だっけな、コレの」

レンタルしてきたＤＶＤを、指でとんとんと叩いて思い出そうとした。

「そうそう、〈名作映画鑑賞会〉。どうだ、面白そうなネーミングだと思わないか」

ふうん、と気のないようすで雑草に集中しているようである。こうなると、ますます無理やり教えたくなってくる。

「どんな名作をおれがチョイスしたか、知りたくなってこないか？　知りたいだろう？　うん、知りたいはずだ」

「はいはい、また何か考えついたんですね。聞きますから」

面倒くさそうなその返事が、しゃくに障った。

「若い頃から邦画・洋画を問わず、ずいぶん多くの映画を見てきたつもりだ。だがそれでも見逃してきた名作もかなり残ってることに、つい先日気づいた。それを見ずに死ねるか！　というわけで、名作映画劇場なんだよ」

「さっきは名作映画鑑賞会と言ってませんでしたか」

「そうだったか？　まあいい、とにかく見逃した名作を鑑賞していく、息の長いイベントとして考えたわけだ。いや、せっかくだから〈世界映画名作劇場〉にするか。そのほうがスケール感があっていいな。イベントといっても参加者はおれ一人なんだが。今回は、なんとあの黒沢明特集だ！」

「黒沢……ああ、時代劇の」

「黒沢は時代劇だけじゃなくて、現代ものも何本も撮ってるけどな。現代といっても、当時のものだから、いまから見ればもちろん古いが。でも今回は、黒沢の時代物にスポットを当てた名作特集だから、時代劇という言葉もまんざら外れじゃない。どうだ、一緒に見る気になったか」

「遠慮しておきますよ。時代劇とかのチャンバラものは苦手だから」

あっさり断られた。彼女は殺人や暴力シーンが出てくるような映画は、邦画も洋画もほとんど見ないことを忘れていた。それにしたって、黒沢映画をチャンバラ呼ばわりはないだろう。

居間のテレビで見ようと、意気込んでＤＶＤプレーヤーにセットしようとしたら、庭の久枝が言った。

「草取りの後は夕食の準備をはじめますから、見るなら部屋で見てくださいね」

そんなに剣戟場面は見たくないか。迫力ある斬り合いのシーンが黒沢時代劇の見どころなのにと思ったものの、しかたないので自室の二十四型テレビで見ることにする。

今回は五本ばかり借りていて、オープニングを飾るのは何にしようか迷ったが、まずは見逃していた名作『椿三十郎』を鑑賞することにした。黒沢映画はやはり、鑑賞するという表現がよく似合う。

若い時分から映画が好きで数多く見てきたが、実際には見逃しているものも多い。というのも、映画は映画館で見るものであり、一度見逃してしまえばよほどの人気作以外は、リバイバル上映とはならない。

しかし、ある時期からレンタルビデオ店というものが登場した。これによって映画館の上映予定に合わせる必要なく、自分の都合に合わせて鑑賞できるようになった。もちろん新作は映画館で見ることも多いが、見逃したものを家で見られるとは、じつにいい時代になったものである。

映画館ならではの、巨大画面と大迫力の音響システムとは比べるべくもないが、現代の若者はあの小さなスマートフォンの画面で映画やアニメ動画を見るというから、年齢に合わせてダウンサイジングするのも悪くはない。

再生してすぐ、大時代的な出だしのタイトルバックから引き込まれた。主演の三船敏郎(みふねとしろう)はいうまでもないが、他の出演者として加山雄三(かやまゆうぞう)や田中邦衛(たなかくにえ)の名前が出てきたので驚いた。冒頭のシーンからすぐに登場したその二人が、あまりに若いことに驚かされた。彼らがこの時代劇に出ていたとは知らなかった。

「びっくりだ。この二人が、まさかこの映画に出てたとは……いやあ、若い！」

感激のあまり独り言が出た。〈若大将〉シリーズも見ているが、加山雄三と田中邦衛とのコンビは、どちらが先なのだろうと気になってくる。これも初見の映画ならではの発見で、冒頭からワクワクしっぱなしだ。

映画は、とある藩のお家騒動に端を発した権力争いを描いたもので、ストーリー自体は時代劇でよくあるものだ。主人公で凄腕の浪人である三船敏郎が、その渦中に巻き込まれていく中で、当時としては画期的な剣戟シーンが見どころである。

見どころの一つ、三十郎が三十人の相手を次々と斬り倒していく場面では、あまりの迫力に度胆を抜かれた。よく練られたストーリーと迫真の演技に、さすが黒沢映画だとなんども感心させられた。

そんなふうに夢中になって見ていたのだが、ラスト近くになって、（……ん？）と思った。二つの武家屋敷が塀でへだてられていて、一本の小川が両方の屋敷を貫通して流れているという設定だった。最初に小川が出てきたときは、なんとなく見覚えがあるなと思ったが、他にも似たような設定の時代劇があったのかもしれないと気にも留めなかった。

ところが最終盤、隣の屋敷が上流という設定の小川に、たくさんの椿の花が流れてくるシーンに、どこか見覚えがあった。モノクロ映画で、しかも時代劇で、隣の屋敷から大量の花が流れてくるという同じ場面が、まさか他の映画にあるとも思えない。

（これ、見たな……）

自分はすでに、この映画を見ていたのか⁉

激しくショックを受けた。映画を一本、全編ほぼ丸ごと見たというのに、過去に見ていたという事実に、ラストシーン直前までまるで気づかなかったとは。前に見ていたくせに加山雄三たちの若さに感激し、前に見ていたくせに三十人斬りの迫力に感心していたとは——。

しばし呆然として、自分に心底がっかりした後、今度は大きな不安に駆られた。おれ、大丈夫か？　もしや、認知症の初期症状ではないのか？

そんなことを考えはじめたら、現在と今後の自分がひどく心配になってきた。

黒沢映画は全てではないにしても、半分以上は見ている憶えがある。時代ものは『七人の侍』や『用心棒』『隠し砦の三悪人』『影武者』ほか、現代ものなら『天国と地獄』『野良犬』『生きる』『夢』などなど。他の監督にしても、小津安二郎（おづやすじろう）、溝口健二（みぞぐちけんじ）ほか、外国映画も〈007〉や〈インディ・ジョーンズ〉などのシリーズも。

見たことを憶えている映画も、もちろん数多くある。つまり、記憶力や認知能力そのものに問題があるわけじゃないのかもしれない。では、何故この『椿三十郎』を見た記憶はすっかり抜け落ちていたのだろう。

……待てよ？　ということは、まだ見ていないと思っているものの中にも、じつは多くの「見たが忘れてしまっている」映画があるんじゃないか。

……待てよ？　そもそも忘れてしまっているのは映画だけなのか、という疑問が浮かんできた。もしかして、これまで読んだ本とか……そういえば、いつかも面白そうな本を買ってきたら、本棚に同じものがあったな。

……待てよ？　……自分はいったい何回、待てばいいんだ？　そんなことはどうでもいいが、とたんに自分のもの忘れに不安を覚えた。これまでに見た映画はもちろん、たくさん読んできた小説その他の本の中にも、記憶の小箱からこぼれ落ちてしまっているものがあるのだろうか。

*

「最近、ますますひどくなってきてるんだよ」
うつ伏せになったままで拓三はいった。
「ひどくなってきてるって、何が？」
「もの忘れ。自分でも、ほんといやになってくる」

「年をとってくりゃ、誰だってそうなるんだって。気にしない気にしない」

拓三は肩から腰にかけての凝りがひどく、昔から世話になっている安斎整骨院でマッサージを受けていた。いつも気持ちよくなってウトウトしてしまうのだが、心のつぶやきのつもりが口からもれていたらしい。院長の安斎は「気にしない」が口癖で、肩凝りも腰痛も「気にしない」というが、本当にそれを真に受けたら安斎整骨院に来る人はいなくなるだろう。

「そうは言ってもねぇ。ついこの間の話だけど、聞いてくれる？」

「ああ、聞きましょう。今日は一段と凝ってるから、時間がたっぷりかかりそうだし、お客も浅野さんだけだから」

仮にも整骨院なのに、客という呼び方があるだろうか。マッサージ専用ベッドなので、ちょうど顔の部分がくり抜いてあるため、施術中でも自由にしゃべることができる。安斎とは同い年なので、気安く話せるのがいい。

「レンタルビデオ屋からＤＶＤを借りてきて、家で映画を見てたんだよ」

「へえ、何を？」

「えーと、黒沢監督の、タイトルは何だっけ、ここまで出かかってるんだけど……ほら、アレだよ……ああ、『椿三十郎』。黒沢の監督映画は、若い頃に『七人の侍』やら『用心棒』やら、それなりに見てたつもりだったけど、『椿三十郎』だけ見てなかったと思って」

「そういえば浅野さん、映像関係の仕事だったね」

「そうそう、映画好きが高じて映像屋になったようなもんだから。それで、オープニングのタイトルバックからワクワクして見てたわけ。配役に加山雄三とか田中邦衛の名前が出て、登場してきた二人があんまり若いんで、もうびっくりだよ。それで、やっぱり初見だったって確信したの。ストーリーも結末も全然、頭に浮かばなかったし」

ラスト近くで小川に椿の花が流れてきた件（くだり）を説明すると、安斎は声をあげて笑い、マッサージの手を止めた。

「あんまり笑わせないでよ。いやあ、面白い話だ」

マッサージを再開し、話しはじめる。

「でも年になったら、もの忘れなんて気にしないに限るよ。忘れたりド忘れする回数って、じつは大人も子どもも変わらないんだっていうし」

「嘘だろ？」

「ほんとほんと。ちゃんと調査した結果だって本で読んだんだから。おれだってしょっちゅう、コレはほらソレだよ、アレだよアレなんて、一日中そんなことばっかり言ってるんだから。でもね、全然気にしないようにしてんの」

「そうは言われてもねえ、好きな映画のことで忘れてたってなると、どうしたって気になるよ」

「子どもと大人の決定的な違いは、子どもは忘れちゃったって落ち込んだりしないけど、大人はすぐ年だからとか、ボケの前兆かも、と気に病むことなんだとさ。脳は自分が思ってるほどおとろえてない。おとろえてるのは身体のほう、脳と身体は連動してるから」

「ほんとかねえ」

「本当ですよ」

不意に女の声が割って入ってきた。顔を上げると、鍼灸師の桃ちゃんが立っていた。三十代の女性で、症状によっては鍼や灸で治療してくれる。よほどヒマで会話が聞こえたのか、休憩室から出てきたらしい。

「わたしも祖母に認知症の症状が出たときに、本とかたくさん読んで勉強したことあるんです。例えば良性健忘症と認知症の違い、わかります？」

クイズ形式ときたか。

「健忘症、いい言葉だねえ」

安斎が口をはさむ。「健やかに忘れるなんざ、いっそ潔いじゃねえか。粋だ」

「先生はちょっと黙っててください。浅野さんは真剣に悩んでるんだと思いますから。簡単にいえば、良性健忘は、忘れたことは覚えてる。認知症は、忘れたこと自体を忘れてる。浅野さんは、もの忘れで悩んでいるわけなので、現時点で認知症の線はない。ここまではいいですか？」

「は、はい……」

先生と生徒のようになってきた。

「山田風太郎が〈アル中ハイマー型認知症〉と自称していたが、けだし名言といえる」

安斎がまぜっ返すが、桃ちゃんは無視していった。

「忘れやすいことと、忘れにくいことには、特徴があります」

桃ちゃんが一つ一つ例を挙げていく。「忘れやすい」のは、自分の関心が薄いこと、目で見ただけのこと、最近のこと、日常茶飯事の出来事、そして固有名詞だという。〈人間〉などの普通名詞を忘れることは少ないが、〈佐藤太郎〉というような固有名詞は、けっこう忘れる。

「なぜなら名前って、もっとも表層的な記号の一種だから。例えばですけど、拓三さんという名前は〈拓〉が〈三つ〉あるから、拓三と付けられたわけじゃありませんよね」

拓が、三つ？　……拓って、なに？

「名前をつけたのはご両親で、いま現在の浅野さんとは無関係ですもんね」

逆に「忘れにくい」のは、味と匂いに関することで、味覚と嗅覚が古い脳の扁桃体で処理されることで、感情と密接に結びつくからだそうである。他には、子どもの頃の思い出、強い感情的な出来事——嬉しいとか恐ろしい、ドキドキしたとか恥ずかしかった出来事、こういったものはほとんど忘れない。

「あと、身体で覚えたことも忘れないそうです。だから、もしも絶対に忘れたくないことを覚えようとしたら、ただ暗記してもダメなので、身体を動かしながら記憶することがおスススメです」

「四股(しこ)を踏みながら、とか?」

茶化すように安斎が言ったが、拓三は内心で(なるほど)と思った。桃ちゃんの「もの忘れ講座」はつづいた。

「ちなみに認知症では、興味深い現象がわかってます。見当識障害というのがあって、これには〈時間〉〈場所〉〈人物〉があり、認知症ではこの順序で進行することが判明してるそうです。亡くなったうちの祖母も、きっちりこの通りにわからなくなっていきました」

また、記憶には、短期記憶と長期記憶があり、それを分別するのが海馬。古いものの上に新しいものが上書きされて、消えていくという。

「何か届いてないか郵便箱を見にいったのに、どこかでウグイスが鳴いたのを聴いて、春だなあと感心してそのまま家に戻ってしまう、とか。これは「郵便箱」の上に、「ウグイス」が上書きされたからです。そして人がある事を記憶するとき、忠実にではなく、装飾や書き換えをしながら保存しているといいます。だから〈記憶は嘘をつく〉は真実なんですよ」

安斎は「なるほど」とうなずくと、こんなことを言った。

「桃ちゃんは、『時そば』って落語を知ってるかい？」

「いえ、知りません」

「そばを食った男が、そばの味から、かまぼこの切り方、果ては器までほめちぎってね、その後でそば代を払うために、そば屋の手のひらに、一、二、三、四……と一文銭をのせていって、八つまで数えたところで『いま何時だい？』と尋ねる。そば屋が『へい、九つで……』と答えると、男は間髪を容れずに『十、十一……』と十六まで数えて帰る。つまり、一文ごまかしたという噺だ。これも、気を逸らされたそば屋が数を忘れたという例だよな」

「面白いですね」

「噺にはこの先があるんだ。そのようすを見てた男が、こりゃいいやと真似しようとする。ところが、夜が更けるのを待ち切れないで早めに出かけてしまって、そば屋を呼びとめて食べたらまずいのなんの。それでも仕方ないからほめて、手のひらに一、二、三、四といって、八つまで数えて『いま何時だい？』と聞くと、まだ時刻が早いから『へい、四つで』と答えたもんだから、また五つ、六つと数え直して……まずいそばを食わされた挙句に勘定も多く払ってしまう、というオチだ」

三人で笑った。安斎は快活な調子でこう言った。

「昔も今も人間は、いっぱい忘れてきた。だから、気にしないのが一番！」

最後に背中をパンパンと叩かれて、マッサージと講義は終了した。施術料金以上にトクをしたような、そうでもないような、オチのない落語を聞かされた気分のまま、整骨院を後にした。

＊

安斎整骨院で聞いた話で、思い当たったことがひとつある。桃ちゃんは、もの忘れは関心が薄いものからはじまると言った。

映画が好きで映像屋になった拓三だが、実は黒沢映画をすごく好きだったわけじゃないのかもしれない、ということだ。

拓三が若い時分から、黒沢監督の名声はすでに高かった。自分はものすごく面白いと思わない、とは周囲に対してとても口にできない雰囲気があった。そして、それは自分自身に対してもそうだった。長い年月そんな刷り込みをしてきた結果、自分は黒沢映画が非常に好きなのだと、信じ込んでしまっていた可能性があるのではないか。

正確にいえば、黒沢映画にとても感心はしたが、感動したことは少なかったのかもしれない。激しく感情を揺さぶられた経験がなかった……胸に手をあてて考えれば、そんな気もしてくる。「世界のクロサワ」という額縁に気をとられていて、「絵画」、つまり映画そのものについて判断していたわけではなかったのかもしれない。

確かに、偶像崇拝にも似た気持ちがなかったといえば嘘になる。何しろ世界のクロサワなのであり、フランシス・コッポラやスピルバーグにも強い影響を与えたなど、巨匠たちが認めた世界的巨匠の一人なのである。

映像関係の仕事に就きたかった自分が、まだ若い頃は、映画を純粋に無心に楽しむというより、映像表現や脚本の内容、コマ割りなどに感心しながら、生きた教科書のように接していたのではないか。

普通、人は、教科書で感動はしない。映画は娯楽だ。楽しんで見るものだ。その原点に、この年齢で初めて気づかされたことになる。人生の残り時間も、けっして長くはない。よし、自分が楽しめる映画だけを見ようと、拓三は心に刻んだ。

そして忘れずにいたいことは、四股を踏みながら覚えることにしようと心に決めた。

「そんなわけで、黒沢明特集は見送ることにした」

「そうですか。ご苦労なことですね」

やゆするような言い草にカチンときた。コーヒーを飲み干して拓三は言った。

「あんた、いつもそうやって上から目線でものを言うな。おれは、もの忘れが増えてきたから気をつけようと、素直に思ってるだけだ。自分だって忘れることが増えてるんじゃないのか?」

少し間が空いて、久枝がくすっと笑った。失礼なやつだと思い、食ってかかろうとしたとき彼女が片手をあげて制した。

「違うの、あなたのことで笑ったわけじゃないのよ。忘れもので、ちょっと昔のことを思い出しちゃったから」

「教えてくれ、おれも笑いたい気分だ」

「あれは中学校の頃だったかなぁ。私の実家は両親が共働きだったから、おばあちゃんにたくさん面倒見てもらったことは知ってるでしょ? そのおばあちゃんが授業中に突然、教室に来たことがあって、先生に何かを渡してそそくさと帰っていったの。そしたら、ちょっと首をかしげてから先生が、おーい沢口(さわぐち)、おばあさんが石鹸(せっけん)を届けてくれたぞーって」

そこでまた久枝はおかしそうに笑った。

「石鹸なんか、学校にあるだろう」

「そう。じつはその日の放課後、学級対抗リレーの練習があってゼッケンが必要だったの。忘れたことに気づいて、昼休みに購買部の電話機から家に電話して、持ってきてっておばあちゃんに頼んだんだけどね」

「ゼッケンが、石鹸ね。忘れ物に、聞き間違いか。そのおばあちゃんにして、この孫ありって感じだな。いまの話を聞いてて、おれも中学時代のこと思い出したよ。まだその頃は学校給食が始まってなかったから、みんな弁当だったんだけど、うちの母親が教室の前の先生がいる方の引き戸を開けて言ったんだ。ご免くださいませ、浅野拓三の母でございます。息子がお弁当を忘れましたので、お届けにあがりましたってさ。あんたは弁当屋の配達か！　自分の子に敬語だよ。休み時間に友だちにまねされて思いっきり笑われて、あれは恥ずかしかった」

　二人で笑い合っているとインターホンが鳴った。ドアを開けて話している声が聞こえてきた。

「あら佐々木さん、どうしたの」

「一緒に行きましょうよ」

「行くって、どこに？」

「今日の三時から、町内会の総会じゃないですか」

「あ、忘れてた！」

妻のもの忘れも、なかなか筋金入りだった。

*

「おはようございます！」

「おう、おはよう。今日も元気だね」

こくりとうなずくと、手をふりながら駆け出していく。子どもたちが続々と登校するようすを、拓三は目を細めて眺めた。

数年前から、地域の〈子ども見守り隊〉に参加していた。小学生たちの登下校に合わせて、交差点や横断歩道の脇に立ち、事故を防ぎ交通ルールを守ってもらう活動である。きっかけは息子たち家族が近くに引っ越してきて、孫の純平(じゅんぺい)が地元の小学校に通うことになったからだった。

拓三は六十代後半だが、男にとっては微妙な年齢である。下手に小学校近辺をうろついていると不審者扱いされる恐れがあるが、見守り隊の腕章をつけていればその心配がない。妻の話によると、女の場合は何歳でも疑われることはまずないそうだが、男はそこがむずかしい。

実際、過去に拓三は学校付近で、うさん臭げな視線を浴びた経験が何度かあった。

「おじいちゃん、おはよ！」

ひときわ元気な声がしたので振り向くと、孫の純平が立っていた。今年から三年生になった。おはようと返すと、近くにきて抱きつかんばかりにニコニコ笑っている。拓三と純平は仲良しなのである。

「おじいちゃん、いいこと教えようか？」

いたずらっ子の顔になって孫が言った。

「ああ、教えてほしいねえ」

純平は唇に指を当てて、こう言った。

「これは、絶対にヒミツだからね」

「わかった。誰にも言わない」

拓三も口に指を当てて答えた。

「あのね……」

言いかけたところで、純平の肩をクラスメイトらしい少年がトントンと叩いた。

「早くしないと、朝の読み聞かせに遅れるぞ」

「あ、カッちゃん。おはよ」

早く行こ、と少年がうながすと、純平は拓三に小声でいった。

「おじいちゃん、帰りもここにいるの？」

「いるよ。今日は当番だし、場所も決められてるからな」

純平はカッちゃんをちらりと見てから言った。

「さっきの話、帰りに教えるね」

うなずいて笑うと、純平は一緒に駆けて行った。子どもは皆かわいいものだが、孫は本当にめんこいもんだと、しみじみ思う。ましてや初孫とくれば、特別だ。

それにしても小学三年生のヒミツって、いったいどんなことなのか。想像してみたが見当もつかなかった。まあ、きっと他愛もないことだろうが。


下校時も見守りに立っていると、純平が一人で歩いてくるのが見えた。拓三を見つけると駆け寄ってくる。拓三が屈むと、ひそひそと話し出す。

「おじいちゃん、あのね、僕たちヒミツ基地をつくったんだ」

純平のヒミツは、ヒミツ基地だったか。そのまんまだな、と思わず笑みがこぼれた。

「ヒミツ基地か、それはカッコいいな。場所はどの辺だ？」

「それを言ったら、ヒミツ基地じゃなくなるじゃないか」

たしかに、と苦笑した。ただ、教えると言ってきたのはキミのほうじゃないか。純平は、唇をおかしな形にして首をひねっている。何かを真剣に考えるときの癖だ。

「うん、おじいちゃんには特別に教えてあげようかな。特別だよ」

「本当か、そりゃうれしいな」

明日の夕方四時、台原森林公園の南口で待ち合わせて、連れて行ってくれることになった。拓三の家からは歩くと十五分ほどだが、純平の、つまり息子家族が住むマンションからは目と鼻の先である。なるほど、あの公園はかなり広いから、どこかにヒミツ基地を作ったんだなと納得した。

*

翌日は、別の見守り隊員に代わったことが致命的だった。拓三は孫の純平との約束を、すっかり失念してしまっていた。夜のテレビ番組で偶然「約束を破られて……」という言葉を聞いて、唐突に思い出したのだ。

ハッとして時計を見ると、夜の七時を過ぎていた。

「しまった!」

思わず叫ぶと、久枝が「何ですか急に。びっくりさせないでください」

純平との約束を忘れてしまったと告げると、彼女は慌てふためいた。

「もし純ちゃんが、まだ待ってたらどうするんですか。もうすっかり夜ですよ！」

「どうすればいいかな、いまからでも行ってみたほうが……」

「まず俊介の家に電話して確認してみます。行くならそれからにして」

彼女が電話している間に、出かける準備をした。朝晩はめっきり寒くなってきているから、ウィンドブレーカーをはおっていこう。それより純平は大丈夫だろうか、もしまだ一人っきりで待っていたとしたら、かなり寒い思いを……まさか、凍死？　不吉なその言葉を、慌てて打ち消す。雪山か！

ダメだ、完全にパニクってる。それにしても孫との大事な約束を、ここまですっかり忘れてるとは、おれは本当に認知症になりかけてるのかもしれんぞ。

電話の笑い声で我に返った。スマホを耳にあてたまま、久枝がおかしそうに笑っている。とりあえず孫は無事なようだ。

「それじゃ、おじいちゃんに代わるからね」

そう言って口もとにまだ笑みを残したまま、久枝がスマホを差し出す。

「純平か？　大丈夫か？　寒くなかったか？　ごめんな、おじいちゃん……」

「おじいちゃん、どうして謝ってるの？」

「いや、だって、昨日約束したのに、おじいちゃんすっかり忘れてて、さっき思い出したから、悪かったなと思って」

「約束したの？　誰と、どんな約束？」

狐につままれた気分だった。少しの間、呆然とした。

「あ、お義父さんですか？」

息子の妻の芳江の声に代わっていた。

「純平だと話が見えないと思ったので、すみません、代わりに私が話しますから」

じつは拓三が忘れていた約束を、純平も忘れていたのだという。今日もごく普通に学校から帰ってきて、カッちゃんとサッカーしてくると出かけ、午後六時には帰宅して、もう夕食も食べたという。

全身から力が抜けたようになって、床にへたり込んだ。

「そんなわけで、謝らなくちゃいけないのはうちのほうで。純平にも何度も確認したんですけど、そんな約束覚えてないって……それはそれで心配なんですけど、本人はケロッとしてるんです」

「純平のほうはいいが、おれのもの忘れも、ここまで来るといよいよ深刻だな。本当に反省してるよ」

「いえいえ、反省なんてしないでください。それに、俊介さんと私なんてまだ四十代ですけど、最近は本当にもの忘れが多くなっていますし。まあ、いつか行く道と、私たちも心しておくようにします」

電話を切ったあとで、久枝と大笑いした。そして、整骨院の安斎の言葉を思い出していた。

大人はすぐボケのはじまりかと気に病むが、子どもは忘れてもケロッとしてる、か。本当に、その通りだった。


安斎整骨院でマッサージしてもらいながら、その話をした。

「気にしない気にしない！　いいじゃないの、お孫さんも何ともなかったんだし」

「あとで考えてみて気づいたんだけど、約束を忘れないように四股を踏みながら覚えるのを忘れたなと思い出してね。なにせ見守り隊をしてる最中のことだったから、まさか横断歩道で四股を踏むわけにもいかないしさ」

奇妙な沈黙が流れた。

「確認なんだけど、この間私が言った話を真に受けたりしてないよね」

「いや、家にいて大事なことを覚えるときは、四股踏んでるよ。あれ、いいんだ。おかげで、もの忘れがぐっと減って助かってる」

「たしかに、身体動かしながらだと忘れにくいそうだけど、別の方法にしたほうがいいんじゃないの？　四股なんて場所を選ぶ方法じゃなくて。想像すると、すごく妙だぜ」

「いいのいいの、おれ、相撲好きだし」

「……そういうことか？」

「気にしない気にしない。ワッハッハッ！」

今日は言い返してやったぞと、少しだけ愉快な心持ちになった。


家に帰って、中止となった〈名作映画鑑賞会〉の代わりに、別の見逃しシリーズを考えることにした。一人で好きな映画の見逃し鑑賞も悪くないが、できれば久枝も一緒に見られるほうが楽しいかもしれない。付き合ってくれなさそうだが――。

あれこれ考えてみた。〈００７〉シリーズにも何本か見逃したままなものがあるが、あれもどちらかといえばドンパチものか。〈インディ・ジョーンズ〉シリーズはたった四作だけだから、あっという間に終わりそうである。かといって、スピルバーグ関連シリーズにしたら、監督から製作総指揮などまで含めれば、それこそ数えきれないほどの映画になり、逆に飽きてしまいそうだった。

できれば一ヵ月か二ヵ月はもつぐらいの、ちょうど手頃な作品数のカテゴリーはないものだろうか。彼女はチャンバラやドンパチものは見ないのだが、そのくせミステリーが好きだ。となると〈刑事コロンボ〉や〈名探偵ポワロ〉などが良さそうだが、あいにく近くのレンタルDVD屋には置いてない。

かといって彼女の意見を取り入れ過ぎれば、大好物の恋愛ものやファンタジーもの、ミュージカルものなどになりそうで、今度は拓三が苦手なジャンルになる。なかなか、うまくいかないものである。

ふと、一人で考えているより、話したほうが良いアイディアが出てくるのではないかと思い立った。これまでに考えた監督や映画の候補案に、鑑賞会の題名もつけたものをプリントアウトして、夕食後に話を持ちかけてみた。

「そんなわけで、黒沢監督の見逃しシリーズはやめて、新たな鑑賞会の企画を考えようと思うんだ。意見を聞かせてくれないかな」

そういって二枚のプリントをテーブルに置いた。

「コレは、アレだ、その鑑賞会の……」

「はい百円」

うんざりしたが、ルールだから仕方ない。今月何十枚目になるのかもわからない百円玉を、貯金箱に入れた。重々しい金属音がした。相当貯まってるな、コレ。

「だから、鑑賞会の企画書みたいなもんだ」

「企画書ねえ」

彼女は気乗りしないようすで眺めていたが、やがて口を開くとこう言った。

「あのね、言おうかどうしようか迷ってたんだけど、やっぱり、言っておくことにする。この話、前にも聞きましたよ」

「聞いたって、何を？」

「この、名作映画鑑賞会」

「どういう意味だ」

「だから、何年か前にも同じような話を聞いたと言ってるの。あの時はたしか、世界傑作映画祭とか何とか」

「まさか。そんな……」

不意に、フラッシュバックのように記憶がよみがえった。世界傑作映画祭。うん、聞き覚えがある。そう、自分はたしかに、そう銘打って見逃した映画を中心に一ヵ月ばかり、どっぷり映画にひたった、その記憶がようやくよみがえってきた。

愕然とした。自分が忘れていたのは、映画の内容だけではなかった。見逃した映画をまとめて見ようと、映画祭なんて仰々しいお題を付けて映画を見たという、その出来事そのものを丸ごと忘れていたのか？

これじゃ、まるで入れ子構造、もの忘れのマトリョーシカじゃないか。

「そのうち自分で気づくだろうって思って、黙ってたの。私から知らされたら落ち込むかもしれないし……ねえ、本当に覚えてないの？」

「いや、いま言われて思い出した。でもそれまでは、完璧に忘れてた。本当におれ……」

大丈夫かなと言いかけて、安斎の言葉を無理やり思い出す。そうだ、大人はすぐ深刻に大げさに考えすぎるのだ。

孫の純平なんか、約束を忘れてただけでなく、約束したことも覚えてなかったじゃないか。そう、これは年齢に関係なく、ありがちなことなのだ。

久枝が軽い調子で言った。

「でもこの調子だと、明日になったら忘れたこと自体、あなたは忘れてると思う。だから、きっと大丈夫！」

ぜんぜん大丈夫じゃないじゃないか。ちっとも慰めにならない慰めを聞きながら、拓三は無理やり自分に言い聞かせた。

もの忘れの一つや二つ、十や百……それが千でも万でも、気にしない気にしない――。

何度目だ？　同じ映画が　新鮮だ

墓じまい

神楽一夫 72歳

墓じまい　しまうつもりが　大モメに

＊

きっかけは、一人娘の春香（はるか）が何気なく言った、ひと言だった。

「お母さんたちがいなくなったら、神楽（かぐら）家のお墓って、どうなるの？」

不意をつかれ、一夫（かずお）も妻の治美（はるみ）も顔を見合わせたあとで、思わず黙りこんでしまった。以前から頭の片隅の、そのまた隅っこのほうに、しがみついていた懸念だった。

「さあ、どうすればいいのかねえ」

治美が返した言葉は、三人の間にぽっかりと宙ぶらりんのまま浮かんだ。無言で茶をすすったあと一夫は、あくまで念のために尋ねてみた。

「春香が継ぐのは……難しいよな？」

「ムリムリ！　宗介さんの実家にもお墓があるんだし」

即座に否定された。何も、そこまで強く否定しなくてもいいではないか。夫とその実家のことを引き合いに出して、ゆくゆくはそっちの墓を継がなければならない。結婚する際の約束だから、破るわけにはいかないという。

「それに、こういう家とかお墓のことって、中途半端にすると最後まで中途半端なままいっちゃうでしょ。困るのは残されたほうだもの」

一理あった。というか、十理ぐらいあるかもしれない。親が死後のことを決めないまま病を得てしまい、ぐずぐずのまま誰も訊くことはおろか、口に出すことさえはばかられ――。これまでに会社の同僚、親戚や知人の、そんな実例を嫌というほど見聞きしてきた。

よし、おれはちゃんとしておこう。そう決心してから、もう十年近くになるだろうか。ある大きな決断をするには、それに関わる小さな決断を、いくつもしなければならないと気づいた。大きな決断には、大きな労力がともなう。

登るべき山頂は遠くに見えている。だが、どの道をゆけばたどり着けるのかがわからない。

さらには、そのルートが最適なものなのかどうか、最終的に誰が判断すればいいのか？　自分一人で判断できるなら、それに越したことはない。しかし墓のこととなれば兄弟や親戚、寺まで絡んでくることになる。

「お父さん？　そんなにショックを受けると思わなくて……なんか、ゴメン」

娘の声で、われに返った。考え込んでいたらしい。

以来、墓をどうすべきかについて思いをめぐらすようになった。仮に墓じまいするとして、次の問題は遺骨をどう扱うかだ。現役時代に技術者だった一夫は、几帳面な性格で、問題解決の際は、解決の鍵となる要素を検討してみる癖があった。最適解を導き出すためにも必要な手順といえる。

まずインターネットで概要を調べた。「墓じまい」で検索すると、すごい数のサイトだけでなく、広告がいくつも表示されることに驚いた。つまり、相当数の人の関心事ということだ。共通して出てくるのが「離檀料」「改葬手続き」「永代供養」などの言葉だった。家庭や寺によって状況は大きく異なる、との記述も目立つ。

情報も玉石混交で、あれこれ見ているうちに頭がこんがらがってきた。年のせいで眼精疲労がひどく、ディスプレイを長く見ていられない。とりあえずわかったのは、墓をどうするかという重大事は、お手軽な方法では解決しないという事実だけだった。

信頼できるのは、やはり本だ。そう思い、郊外にある大型書店まで車で行き、参考になりそうなものを数冊買ってきた。

*

読みはじめたら、技術者魂に火がついた。三冊読み終えた頃には本が付箋だらけになった。いったい、どこがどれだけ重要なのか、さっぱりわからなくなっていた。

そこで貼りまくった付箋をもとに、まず全体像を把握するため、墓じまいに関する要素を洗い出して図表を作成することにした。パソコンソフトを立ちあげ、横軸に「永代供養」「納骨堂」「樹木葬」等の項目、縦軸には「費用」「労力」「許容度」等を入力し、◎○△×で評価してみることにした。結果を客観的に検討するために◎＝3点、○＝2点、△＝1点、×＝0点で評価を数値化し、各項目の合計点をはじき出した。

評価の全体像と傾向を理解するには、たんなる表組みよりグラフがいいのではないかと気づき、棒グラフや帯グラフなど、どれが適しているかを考えながら、レーダーチャートやバブルチャートまで作ったりと試行錯誤をくりかえした。

さらに、項目をカテゴリー別に色分けすれば、もっと見やすくなるのではないかと思いついた。「埋葬形式＝白黒ストライプ」「費用関連＝金色」などのアイディアが浮かぶと、楽しさは加速した。

このあたりで、すっかり目的を見失っていた。テーマだったものはすみに追いやられ、より美しい図表作りと効果的なグラフ作成に夢中になった。日を追うごとに集中力はどんどん低下し、目がずんずん痛むたびに、ホットアイマスクでいたわった。疲労はピークに達した。

気づけば一連の作業に、まる一週間ついやしていた。技術者魂についた火も、とうに鎮火している。あるときソファでぐったりしながら、ふと思った。

これ、何のためにやってたんだっけ？

枝葉末節にこだわり、試行錯誤と紆余曲折の末の、本末転倒。昔から四字熟語が好きだったから、ここまでの行為にそれが四つも入っていることに、ささやかな満足を覚えた。この苦労だって、きっと無駄にはならないはず。本末転倒でもいいじゃないか、人間だもの――。

それでも収穫はあった。じつに多くの人が同じようなことで悩んでいるんだな、と共感できたことだった。世の中には多くの同志がいるのだと、どこか心強い援軍をえた気分になれた。また、墓の歴史を学んで知るということの意味をあらためて痛感した。

江戸のある時代まで、庶民は墓を持つことが禁じられていた。明治時代になって家単位で墓を持つことが許された。じつは現在のような家と墓の歴史は、わずか百年にも満たないと知って驚いた。驚愕した、といってもいい。我々一般人にとっての墓参りは、先祖代々続く日本の伝統的な習慣などではなかったのだ。

墓は、高度成長とバブル期で一気に増えた。その後、長く経済の停滞期がつづき、失われた三十年と呼ばれる時代を経た今、社会の深層で意識の大変革が起きつつある。皆が、はたと考えはじめたのだ。墓ってなんだ？　墓は、そもそも必要不可欠なものだろうか？　不可欠というなら、それは何故？　と。

人が死に、それを悼むことは大切だという気はする。その気持ちはわかる。ネアンデルタール人だって花をたむけたし、縄文人だって花と一緒に死者を埋葬したのだ。しかし、悼む心と墓とは直接関係はないはずだ。

墓じまいは寺の収入減に直結するので、そのやりとりに気をつけなければならないとは、どの本にも書かれていた。檀家をやめるにも離檀料がかかり、加えて墓のとり壊し費用もかかってくる。一夫は大きくため息をついた。寺との関わりをやめることにまで金がかかるとは。

墓をしまおうとするだけで、次から次へと金が出ていく。拝金主義に嫌気がさして、宗教から離れようとする人が、数多くいるのもわかる。しかも、日本の葬儀関連費用は世界で断トツ一位なのだという。日本の全国平均が約二百三十万円、米国は四十四万円、英国十二万円、ドイツは十九万円。桁が違う費用の大きさに、めまいがしてくる。

墓じまいの概要は、おおよそ理解できた。次が遺骨の埋葬の問題だった。両親と祖父母ののだが、改葬したり永代供養するにしても法律が関わってくるらしいので、そこを頭に入れて考えなければならないらしい。

以前は墓地に埋葬するしかなかったが、ここ数十年で、あらたな埋葬の選択肢が増えてきたことは知っていた。知ってはいたが、あえて目をそむけていた。けれど、墓問題と真剣に向き合うと決心した以上、さけて通るわけにはいかない。

あらたな埋葬の種類は、法律があるため火葬は必須として、その後はいくつかのバリエーションがある。散骨や樹木葬、手元供養、分骨などだ。樹木葬に興味がわいたが、調べていくうち、岩手県の一関市にあるお寺の住職が発案したのが始まりだと知った。一関なら仙台からそれほど遠くないから、一度行ってみるのもいいかもしれない。

形だけまねする樹木葬もふえてきているらしい。本来は墓碑となる樹は土地に合った樹種で管理しやすい低木だったという。しかし年月を経て予想外の高木になったりと、維持管理が困難な例も多いというから、その辺も考慮する必要がありそうだった。

散骨も悪くないという気がするが、「節度をもって行われる」ことが求められるという。条件もいくつかあって、まず必要なのが「遺骨の粉末化」。遺骨を二ミリ以下の大きさにし、関係遺族の同意を得た上で場所（主に海や山）を決定、最終的に散骨を実施する。但し書きとして、「周囲の目に触れぬよう密やかにマナー良く」とある。元技術者としては、遺骨を二ミリ以下の粉にする部分に興味がわく。

予想以上に時間はかかったが、大体の検討材料は揃った。そろそろ、妻に自分の考えを話してみる頃合いだった。

＊

それから数日たった朝食後、治美に声をかけた。

「その、アレだ、ちょっと相談したいことがあるんだ、いいか？」

ちょうど洗い物を終えた彼女が、居間のテーブルについたときだった。

「いいですけど、朝から気が重くなる話は嫌ですよ」

機先を制された気分だった。が、こういうことはタイミングをのがしてはいけない。コーヒーをいれるのは一夫の役目なので、二人分をカップについで置いた。

「気が重くなるかどうかはわからないが、ちゃんと話し合っておくべきことだから」

上目づかいにこちらを見てから、彼女は「どうぞ」と言った。コーヒーをひと口飲んで切り出した。

「じつは、うちの墓のことなんだ。墓じまいしようかと思ってる」

カップを持つ彼女の手が止まった。それから、自分なりにこれまで調べたり考えたりした概要を話した。言葉をはさまずに聞いていた治美だったが、聞き終えると首をかしげた。

「それは、どうなんだろう」

「墓じまいなんて、やるべきじゃないって意味か？」

無言でうなずき、カップに口をつける。

「でもおれたちだって、これから何十年も生きるわけじゃないし、春香だって向こうの墓に入るつもりと言ってたじゃないか。まわりの親戚を見ても年寄りばかりで、子どもたちはほとんど都会暮らしだ。遠いところにある父母の墓に、墓参りのためだけにくるなんて大変だろう。それに、これからみんな同じような状況になっていくはずだ」

「でも、お墓がなくなるなんて」

「もし反対だっていうなら、どうすればいいか、そっちの考えを言ってくれ」

彼女はしばらく考えてから答えた。

「……わからない」

その後も、いろんな角度から説得してみるも、彼女は「わからない」をくり返すばかりだった。

数日間迷ったすえ、治美に告げた。

「良子に会ってこようと思ってる」

「もしかして、お墓のことで？」

「ああ。将来的にどうしたらいいか、良子と、洋介くんの考えも聞いてこようと思う」

一人で行くのかと聞くので、うなずいた。彼女の表情に変化はない。こっちも夫婦で行くと、すっかり旅行気分になってしまいそうだった。

鉄は熱いうちに打てと、その晩に良子へ電話した。妹の良子は大学で札幌へ行き、そこで知り合った男性と結婚していた。二人の子も独立して、いまは共働きである。

墓のことで直接会って相談したい旨を告げると、受話器の向こうで戸惑うようすが伝わってきた。相談内容もそうだが、一夫だけというのが気にかかるのだろう。

「泊まりは旅館かホテルをとるから、そっちの家に迷惑はかけない。だから一日目の夜か、二日目の昼、会って話をしたいんだ。どこかの店でも、良子の家でも、場所はどこでもいいよ」

「あの……お墓のことは、兄さんにまかせるから。わざわざ、そのためだけに来なくたって」

「そうは言っても、おれも真剣に考えてのことなんだ。将来なんていう遠い先の話じゃない。ほんの少し先には、このままだといろんな問題が起きるはずだ。おれが死んじまえば自分の始末は自分じゃできないから、まるっきり迷惑かけないというわけにはいかないが、残った者たちにかける迷惑の総量は、できるだけ減らしておきたい」

考えうるミスやリスクを想定し、可能なかぎりそれらを洗い出して、事前に一つ一つつぶしていくのは技術屋の基本でもある。どうにか妹を説得して、相手の都合に合わせた二日間の日程で札幌へ行くことになった。じつに久しぶりの一人旅に、少しわくわくするような思いもあった。

*

仙台から飛行機で新千歳空港、そこから電車で札幌を目指した。夕方から店で食事をしながら話すことになったので、一夫はホテルに向かった。待ち合わせまで時間があったから、遅い昼ごはんがてら周辺を散歩して時間をつぶした。

六時に良子がロビーまで迎えにきてくれ、近くの和食店に入った。料理をいちいち注文するのが面倒なので、懐石コースにした。

「洋介くんは、まだ仕事か？」

「ううん、今日は来ないって」

意外だった。酒好きなところが一夫と一緒で、会えばいつも盃を交わしていたのだ。来られないではなく、来ない？

「たぶん、気を使ってくれてるんじゃないかな。神楽の家の話だから、あんまり、でしゃばりたくないんだと思う。それに……」

「それに、なんだ？」

「お墓の話でしょう？　簡単に片づくような話じゃないじゃない。あの人どっちかといえば、面倒なこととか厄介なことに、首をつっこみたくないほうだから」

先付けの、ホタテの和え物が運ばれてきた。プリプリの歯応えと甘みが、さすが北海道だと感心しながら口に運んだ。箸を置いて、切り出した。

「電話でも話したとおり、墓じまいをしようかと真剣に考えてる。あれこれ考えて、いろいろ調べてみたすえに出した結論なんだ。良子、おまえがどう思うか教えてくれないか」

「電話でも話したように、基本的には、兄さんに任せたいと思ってる」

「その基本的に、ってのが気になってるんだよ。基本的に、を取っぱらった、本音を聞かせてほしいんだが」

ビールを注いだグラスが目の前にあったが、二人とも、ほとんど口をつけていなかった。

「私、北海道に嫁いだでしょう。もう少し近い場所だったら、これから年をとっていっても、ちょくちょく仙台のお墓にも行けると思うんだ。でも、これから七十、八十ってなっていくじゃない？　いくら生まれ育った街といっても、そうそう気軽には行けなくなる気がするんだよね」

「おれだって、良子が結婚してから三十年以上になるっていうのに、札幌にきたのは数える程度だからな。遠いようで近いし、近いようで遠い」

「ほんとにね。自分でも気づかないうちに年とっちゃって」

頰に手をあてててため息をつく良子を、しみじみと見た。（また少し年とったか……）と思う。もちろん自分だって、その年の差分だけ老けているに違いない。墓じまいのための行動を起こしてよかったのだと、あらためて思った。

口論になってしまわないよう気をつけながら、互いの意見を伝え合った。一夫のほうは、これまで調べた内容と、かかりそうな大よその金額を伝え、自分が言い出したのだから全額負担する旨も告げた。ごめんね、ありがとう、と良子は言った。

「将来的には、墓じまいの方向になるだろうなってことは、頭では理解してるつもりなの。兄さんの立場とか、春香ちゃんだって宗介さんの家のことがあるし、これから先のことを考えれば、私個人の意見としては墓じまいに賛成。うちの子どもたちだって東京で暮らしてるし、うちの旦那の実家だって、ゆくゆくはお墓を維持していくの、難しくなるだろうなと思ってる」

「なんだか子どもたち、というか若いやつらは、みんな東京に出ていっちまうからな。残るのは年寄りばっかりだ」

二人でうなずき合ううちに、しんみりとした心持ちになってくる。

「お墓のことは、いずれそうならざるを得ない、それはわかってる。でも、だとしても自分たちでいま決めるのは、なんかイヤなの」

（……なんかイヤって、なんだよ）

その気持ちは自分にだって、わからないではない。だからこそ、どこかでエイヤっと決断し、実行しなけりゃならない。それがきっと、今なのだ。ここに至るまで何度も、自分にそう言い聞かせてきた。

「ずるいこと言ってるって、自分でも自覚してる。でも、お母さんの言葉がずっと気になっててさ」

「母さんの言葉？　何のことだ」

彼女が驚いたような目を、こちらに向ける。

「あれ？　話してなかったっけ。お母さんが亡くなるときに言ったこと」

母親の臨終に、一夫は立ち会えなかったのである。

「今際(いまわ)のきわに、お母さんが言ってたの。神楽の家とお墓をしっかり守っていくように、兄さんに伝えておくれって」

「聞いてないぞ、そんなの」

「お母さんが亡くなる前後の頃って、兄さんと治美さん、すっかり疲れ切ってて、もう心身ともにボロボロだったじゃない。だからうちの人と話し合って、しばらく兄さんたちに話すのはやめておこうってなって……それで、そのまま忘れてた。本当にごめん」

初めて聞く話だったが、怒る気にはなれなかった。彼女の言うとおり、数年にわたって入退院をくり返した母親の面倒を見るために、自分たち夫婦は疲労困憊していた。亡くなったあとも、さまざまな手続きなどに忙殺され、やっと生活が落ち着いたと感じられたのは一年近くがすぎた頃だった。

「だから今回の話を兄さんから聞いたときも、お母さんの言葉がよみがえってきて、今度こそ伝えなきゃと思って。だから、さっきの個人的には賛成というのも本心だし、家とお墓を守ってほしいっていう言葉に、そうだなって思うのも、どっちも本心。兄さんの墓じまいの話に、気軽にいいよって言えないのも、あの言葉のせい。ねっ、すごく複雑な心境なの。この気持ち、わかってもらえる?」

わかる、と答えた。そう答えるしかなかった。もし逆の立場だったなら、自分だって迷っただろうし、そうとう悩んだに違いないと思えたから。

グラスに半分ほど残ったビールを飲んだ。すっかり、ぬるくなっていた。迷いを吹っ切り、決断の背中を押してもらおうと北海道へ来たつもりだったはずが、より深い迷いの淵に沈み込んでしまっていた。

一夫は瓶からグラスにビールを注いだ。盛大に泡が立った。泡だらけのビールをひと息に飲み干すと、ほろ苦さだけが喉元を通りすぎていった。

*

翌日は、気分転換しましょうと義弟の洋介に誘われて、朝からドライブに出かけることになった。行き先は洞爺湖で、札幌から二時間弱で行けるという。

「いまは本当にいい季節ですから、きっと楽しんでもらえると思います。洞爺湖を見下ろす展望台からの眺めが絶景なんですよ」

運転する義弟から話を聞くうち、心が徐々になごんでくるのを感じた。途中で買ったコーヒーを飲みながらのドライブで、木の葉が新緑から濃さを増しつつある森の風景は、心身をおおっていた憂いを洗い流してくれるようだった。

けっこう飛ばしたからか、一時間半で洞爺湖に着いた。昭和新山を足早に眺めてから、有珠山ロープウェイに乗った。良子は、高い所が苦手ということで下で待つという。展望台までは、わずか五、六分だった。

展望台に立ち、息をのんだ。眼下に、澄んだ水をたたえる洞爺湖が広がり、いまも水蒸気を吹き上げる昭和新山が見えた。はるか向こうに美しい姿をした山が、晴れた青空の下、くっきりと立っていた。

「あの山は？」

「羊蹄山。別名、蝦夷富士とも言われてます。標高はたしか千九百メートルぐらいだったかな。おれの大好きな山なんですが、これほど洞爺湖と羊蹄山がすっきり見えるのは、本当に珍しい。義兄さん、いい日に来ましたね」

そう言って笑い、解説してくれた。洞爺湖には湖上遊覧船があり、四月から十月までの毎日、花火鑑賞船というのが運航しているという。洞爺湖は十一万年前の火山活動で生まれた湖で、湖畔には温泉がいくつもある。

「次はぜひ温泉に泊まれる日程を組んで、義姉さんと一緒にきてください」

話を聞きながらも、一夫は羊蹄山と湖の、そのあまりの美しさから目がはなせなかった。あまりにスケールの大きな景色に、頭は呆然とし、すっかり心を奪われてしまっていた。

「蝦夷富士か……でっかいなあ」

「でしょう？　おれの自慢の山なんです」

自分の持ち物だと言わんばかりの物言いだったので、思わず笑った。

「悩んでる自分が、ちっぽけな人間だって思い知らされるな」

「義兄さんだけじゃありませんよ。おれだって同じです。大自然の前では、人間なんてみんなちっぽけな存在ですから」

二人で、しばらく黙って羊蹄山を眺めた。そろそろ帰りの時刻ですと告げてから、不意に洋介はこんなことを言った。

「今度の墓じまいだって、たくさんの人たちが悩んでると思いますよ。おれだって、何年か前から頭のすみっこのほうに、うっすらと住みついてますからね。ただ、なるべく直視しないようにしてるだけで。逃げてるんです」

そして、こちらを見てつづけた。

「だから義兄さんは偉いと、おれは素直に思います。ほとんどの人はただ悩むだけで、実際に行動にうつせる人は、ごく少ない。本当にすごいことです、尊敬します」

「いや、そんなに持ちあげられるようなことじゃ」

「おれの自慢の、義兄さんです」

思わず義弟の顔を、まじまじと見た。彼は照れくさそうに笑うと遠くへ目をやった。北海道に来てよかったな、と思った。

同時に、びっくりした。彼の意外な言葉もそうだが、それを聞いた自分の目から涙がこぼれたことに、自分自身で困惑した。義弟は見ないふりをして、ロープウェイ駅のほうへ歩いていく。一夫は彼の背中にそっと頭を下げた。

男は人前で泣くもんじゃない、そう説教され、洗脳されてきた世代である。だから人前で涙を流すことには、いまだ大きな抵抗がある。けれど涙は、次から次へと無尽蔵にあふれてきた。妻にも妹にも賛成してもらえず孤立無援だった自分を、洋介くんだけはわかってくれた。これまでの心細さに一条の光が射しこんだようで、感情を大きくゆさぶられた。

泣いたっていい。年をとれば涙もろくなるのは、誰もが認めることじゃないか。堰(せき)を切ったように涙腺の堤防は決壊し、気づけば、しゃくりあげるように泣いていた。

と、視線を感じた。はなれた所に幼い男の子が立っていた。

「あの人、泣いてるよ?」

こっちを指さす。一夫は目と鼻をハンカチで押さえつつ、照れ隠しで笑みをつくった。すると男の子は母親のズボンを握りしめて顔をこわばらせた。

「……ママ、こわいよお」

「ほら、あっち行きましょ、ほら早く」

逃げるように、母親は子どもの手を引きながら足早に去っていく。ひとつの教訓をえた。年寄りは少なくとも、幼い子の前で泣くもんじゃない。

*

父の七回忌の法要を行うことになった。母方も父方も、参列できる人数は少ないため、ごく小規模である。寺で読経をすませたあと、会食は仙台駅にほど近い、貸切りの部屋があって、しかも立ったり座ったりが楽なように、テーブル席がある店にした。

一夫が簡単なあいさつをして食事となった。何しろ高齢者ばかりだから、誰それが亡くなった、持病がどうした、大叔母は元気だがすっかり腰が曲がって……というような話題だらけだ。久しぶりに酒を飲んだのか、途中で居眠りする者まで出る始末である。

一時間がすぎた頃、一夫は立ちあがって、話しておきたいことがありますと切り出した。

「少し前から考えてたことがありまして、ずいぶん悩んで迷ったんですが、いろいろ調べて考えた結果、墓じまいしようかと思ってます」

水を打ったように部屋がしんとした。治美は隣の席で、まるで悪さをしてうなだれる子どものように、うつむいている。

「今日ここに来てくれてる叔父さんや叔母さんは、ご自分の家で墓地を持っている人ばかりだと思います。だから神楽の家は、私の代で墓じまいをしても問題はないだろうと考えたわけです」

子どもは一人娘の春香だけ、その嫁ぎ先にも墓はあるので、ゆくゆくはきっとそちらに入ると思う。春香の子である自分たちの孫二人も、いまは東京で暮らしているため、将来的に仙台に戻ってくる可能性は低い。そんなこんなの状況を考えれば、将来的に墓を維持していくことはむずかしくなっていく。

そんなわけで今回の決断に至りました、そう説明した。

「……お寺をはじめとする、いろいろな手続きなどはこれからやっていくつもりですが、まずは皆さんにご報告しておきたいと思いまして」

「お墓がなくなったら、ご先祖さまやあんたたちの遺骨、どうするつもりだ」

出席者のなかで最年長の叔父が言った。

「いくつか考えてることはありますが、最終的にはまだ決めてません」

「決めてないって、あんた、そんなことで大丈夫なの？」

何人もが不満そうにうなずいている。ある程度、反対意見が出るだろうことは予想していた。

「最終決定してないだけで、おおよそ自分の心の中では決まってます」

「私は反対だね。あんたは神楽家の墓を守っていかないといけない立場だよ、わかってるのかい？」

間髪を容れずに声をあげたのは叔母だった。ものを知らない相手を諭すような口調にむっとしたが、努めて冷静に答えた。

「神楽家は、私でわずか三代目です。ご先祖さまっていったって、両親と、じいさんばあさんだけです。江戸時代から代々つづくような家柄でもない。それに墓じまいするときは、遺骨はちゃんと別の所に埋葬してもらうつもりなので問題ありません」

あえて自信ありげに言ったのが気に障ったのか、続々と非難の声があがった。

「へ理屈ばかり言って！」

「お前は、昔から理屈っぽいんだ！！」

「何でも勝手できると思ったら大間違いだぞ！！！」

「墓は代々守り継がれてきたもんだ、思い上がるな！！！！」

「神楽家の、墓を守れー！！！！」

まるで、デモのシュプレヒコールのようだった。しかも耳が遠い者だらけなので、声が大きい。吊し上げを食らっているような状態だが、それでも目上の親族なので、我が家の問題なのにとの気持ちはのみ込んだ。

「私たちの次の代には、誰も墓を維持できなくなるのは明らかなんです。墓参りのためだけに、交通の便が悪くて坂道の多い寺と墓にきてくれなんて、子どもや孫にはとても頼めません」

「だから何回言えばわかるんだい？　墓は守らなきゃ絶対ダメ！」

「二言目には、墓守れ墓守れって言うけど、いったい墓の何を守るんです？　先祖の骨しか入ってない墓を、山賊が襲ってくるとでも言うんですか？」

しばしの間が空いた。そして叔父が、こんなことを言った。

「まったく、あきれて物も言えん。治美さん、あんたもダメだな。こんな亭主の言いなりにさせておいちゃいかん！　だいたい、あんたは……」

ブチッ、と何かが切れた。自分だけなら我慢もできる、だが治美にまで――。

「皆さんの考えはわかりました。それじゃあ、言わせてもらいます」

我慢の限界だった。

「こんな親戚、解散だ！」

＊

大モメにモメた法事から、数日後。

（おれもついに暴走老人の仲間入りか……）。そんなことを考えつつ、先日の捨てぜりふを少し反省していると、妻が買い物から帰ってきた。買い物袋から冷蔵庫に移していた手を、ふと止めると、こちらを見て言った。

「そういえばこの間、親戚を解散するって言ってましたけど、私たち家族まで解散するつもりじゃないですよね？」

「いや、それは……」

返答に困った。親族の前でキレてしまった自分に対する、皮肉なのだろうか。黙っていると、彼女は何事もなかったように冷蔵庫に入れる作業を再開した。北海道で急に涙したり、法事の席でキレてみたり、最近のおれは、なんだか情緒不安定だ。

彼女がコーヒーを飲みたいというので、いつものようにいれた。カップを二つ持ってテーブルにつくと、治美がこんなことを言った。

「友だちから聞いたんだけどね、姻族関係終了届というのがあるそうですよ。届出の手続きは意外と簡単で、本籍地か住所地に書類を出すだけで大丈夫。しかも、関係を終了させたい相手、つまり親戚の許可をとる必要もないみたい」

「そんな制度が、実際にあるのか」

あのときは、怒りにかられて何も考えずに叫んだだけだったが、そんな制度のことなど知らなかったので驚いた。彼女はひと口コーヒーを飲んで言った。

「ただし、条件があるの。夫婦のどちらかが死亡後に、配偶者の両親、兄弟などの姻族との関係を断てる、ということのようね。残念ながら、私たちはまだどちらも生きてるから、利用できない」

こちらの顔を、うかがうような眼差しで見ている。あの発言がいったいどれほど本気なのか、推し量っているらしい。どうにも居たたまれなくなって、逃げるように居間を出た。

小さな本棚と机があるだけの、四畳ほどの空間が自分の部屋だ。椅子に腰かけて思いを巡らせてみる。現時点までの、墓じまいの賛成票と反対票を数えてみた。

個人的にとの断りつきだが、賛成してくれたのは、妹の良子と義弟の洋介だけ。反対票のほうは、妻の治美、そして叔父叔母の大多数——。数えるまでもない、圧倒的に反対票が多い。

自分がやろうとしていることは、それほどまでに世間の常識から外れたものなのだろうか？

いちばん気がかりなのは、肝心の妻が反対していることだ。彼女が賛成してくれさえすれば、外野の親戚たちが多少うるさくても実行に移す腹づもりでいた。それがわかっていたから、不退転の決意とまではいわないものの、少しぐらいの反対は押し切ろうと思っていたのだ。誰か信頼できる相談相手がいれば——。

そこで、唐突に気がついた。重要な人物を忘れていた。父方の大叔母がいるじゃないか！九十歳をすぎた高齢のため法事には出てこなかったが、話ではまだ足腰もしっかりしていて、畑仕事も毎日やっていると近くに住む叔母が言っていた。

一夫が子どもの時分には、ずいぶんかわいがってもらった記憶がある。そうだ、あの大叔母の意見を聞いてみることにしよう。仙台郊外にある泉区の田園地帯で一人暮らしをしている。若い頃からの本好きが親戚の間でも有名で、父親の葬儀の精進落としの席で、世間のさまざまな出来事を、くもりのない公正な観点で語っていたことに、感心した記憶があった。

年が年だけに、やはり古いしきたりや慣習を大切にするような気もするが、ちゃんとした視点から諄々（じゅんじゅん）と説かれたら、そのときは出発点に立ち返って、もう一度考え直してみようと決意した。いまの自分にとって大叔母の言葉は、それほど説得力があるはずだ。思い立ったが吉日と、その日のうちに電話をし、翌日会いに行くことになった。

＊

大叔母の家までは車で三十分ほどで、昼ごはんのあとに昼寝するということだったから、午後二時過ぎに着くようにした。久しぶりに会う大叔母は、少し腰は曲がっているものの、頭と動きはしっかりしていた。

近況を聞くと、大叔母は歩くことを心がけていると言った。腰が痛くて病院へ行ったときに、医者から教えてもらったという。

「女のお医者さまなんだけど、昔の偉い医者が〈歩くことは人間にとって最良の薬である〉と言ったんだって。だから畑仕事の行き帰りは、ちょっと遠回りしたりして、なるべく歩くようにしてるの」

健康長寿の人は、やはり努力を惜しまないのだなと感心した。いよいよ本題に入らなければならないが、大叔母はどう反応するだろうと考えると、やや緊張した。

墓じまいを考えるに至った経緯、そして、これまでのいきさつを洗いざらい話した。大叔母は、時折小さくうなずく程度で、いっさい口をはさまずに聞いていた。一夫が話し終えると立ち上がり、台所から漬物を持ってきて食べながら聞けという。きゅうりの浅漬けで、漬かり具合が絶妙だった。さすがにいい仕事をしている。

「あんたも難儀なことだったな。まんず、お疲れさんでした。大変だったなぁ」

思いもかけず、心からのねぎらいの言葉をかけられ、目頭が熱くなった。が、どうにかこらえた。最近の涙腺の緩さに、うんざりだ。

「近頃はめっきり涙もろくなって、自分でも嫌になります」

「年で涙もろくなるのは、それだけ情が豊かに濃やかになったから。もの忘れがひどくなるのだって、ほんとに必要なことだけ憶えるようになったから。悪いことなんか、ひとつもないよ」

こんなふうに肯定的に捉えることができれば、この大叔母のように年を重ねることができるだろうかと考えた。

「話を聞いてて思ったのは、本当に大切なものは何かということだな。もちろん、ご先祖さまや、あんたのお父さんお母さんも、たしかに大切。でもな、いっとう大切なのは、いまを生きてる人たち、そして、これから生きていかねばなんねぇ人たちだ。つまり」

大叔母はそこで、ほうじ茶をすすった。

「あんたたち家族だ。一夫と、治美さんと、春香ちゃん。この三人が、神楽という家のことを真剣に考えて考えて、その上で決めていけばいいだけさ。これまでのやり方を変えようとすると、何か言い出すのは決まって、それほど近しいわけでもねえ親戚と相場が決まってるもんだ。何もしねえが口は出す、というやつさ。そんなのは気にかけんでいい」

一夫は苦笑しながら大きくうなずいた。

「あんたらの家族、そしてそのあとに孫たちがつづいていくんだ。めんこい子や孫たちに重荷をしょわせないように、あんたは一所懸命に考えたんだべ？　わたしは、それでいいと思う。墓じまい、いいじゃないか。わたしは大賛成だ」

感激で何も言えずにいると、大叔母はこんな話をした。

いまも世界中で読み継がれる『星の王子さま』という物語を書いた、サン＝テグジュペリという人が、こんなことを書いている。

歩みだけが重要である。歩みこそ、持続するものであって、目的地ではないからである。

「じきに、わたしにもお迎えがくるだろう。けど、大切なのは、どんなふうに最期を迎えたかじゃない。誰にも必ずやってくる、その結末に向かって、どんなふうに歩いてきたか、歩きつづけてきたのかなんだ。わたしはそう思ってる」

大叔母は、そこで一度うなずいた。

「最終的にどうなるにせよ、悩んで、考えて、実際に行動した。それだけでも、とても尊いことだと思うよ」

また泣きそうになった。そう思う間もなく、おえつが漏れた。

「情が豊かに……なりすぎですね」

大叔母の、目尻のしわが深くなった。

「わたしはね、こんな田舎で生まれ育ったけど、お墓なんかなくていいと、ずっと思ってたの。むかし和尚さんから聞いたのは、人の魂っていうのはお骨や墓にじゃなくて、位牌に宿るんだって。だから墓参りはあまり行けないけども、仏壇の位牌には毎日手を合わせてる。ようは気持ちだから、それでいいと思ってるのさ。ただし、あんたの場合は、せめて治美さんには納得してもらわないとな」

深々と頭をさげ、そうしますと告げた。

「これまで悩んで悩んで、自分の気持ちも、あっちこっち迷走してましたけど、今日やっと肚が決まりました。会いにきたかいがありました」

みやげにたくさんの野菜や漬物をもらい、晴れ晴れとした心持ちで帰途についた。背中を押してくれた大叔母の言葉を、帰りの車中で嚙みしめた。

*

数週間後、考えた自分なりの結論を治美に伝えた。神楽家の墓は、やはり墓じまいとし、祖父母と両親の遺骨は、交通の便のいい霊園で永代供養してもらう。

そして自分が死んだあとは、樹木葬にしてもらうことに決めた、と。意外だという表情の妻に言った。

「散骨も考えたんだけど、骨を粉状にしてもらう手間がかかるし、誰かに散骨を依頼すれば、また手間と面倒をかけることになる。死んだら、自分で火葬場まで歩いて行くわけにもいかないから、誰にも何ひとつ迷惑かけないというわけにはいかない。だけど最小限の手間ですむようにしておきたい、そう思ったんだ」

「樹木葬なんて、どうやって探せばいいんでしょうか」

「事前に探して手配もすませておくから、そんなに心配しなくていい。おれは技術者だったからか、自分の肉体が終わりを迎えて、どんな形にせよ自然に還っていく、もともとあった状態に還元されるっていうのが、すごく腑に落ちた。こうしようと決めたら、気持ちがすごくすっきりしたというか」

大切なことを、言わなければならない。

「問題は、きみだ。きみがもし、そうしたいなら一緒に樹木葬でもいいし、自分の実家の墓に入ることを望むなら、それでもいい。どうするか、どうしたいかは任せる」

意外なことに、彼女はさほど驚いていないようだった。

「家族ってのは、人がこの世界に生きてる間の形であって、死んでしまえば、それにこだわる必要はないとおれは考えてる。だからこそ命あるかぎり精一杯生きて、一度きりの家族を大事にする。それでいいじゃないか」

そうですか、と彼女は淡々と答えた。不満なのか、納得しているのか、そのようすから本音をうかがい知ることはできなかった。

「おれは百歳まで生きたいなんて考えはないが、できれば、あと三年は生きたい。やり残してることがあるから」

「何です？」

「……秘密だ」

墓のことは考えておいてと告げて、立ちあがった。妻は顔をあげると、存外に明るい声で言った。

「あなたの考えは承知しました。じっくり考えておこうと思います。遅くとも、いなくなる前までには伝えますから」

よろしく頼むと答えて部屋に戻り、床に大の字で仰向けになった。重い荷物を背中からおろしたような安堵があった。背中からおろしても、まだ手に持っている状態ではある。これからおいおい、しかし、あまり時間をかけずに一つずつ実行していこう。

そのとき不意に、妻の言葉がよみがえった。遅くとも、いなくなる前までには——。自分が先立つことが前提か？　彼女の言葉に苦笑し、まあいいかと思った。

やり残していることというのは、三年後に迎える金婚式だ。数年前、テレビでJRの〈トレインスイート　四季島(しきしま)〉という特集を見ていたとき、治美が「素敵ねぇ、列車の旅なんて」と、うっとりした顔でつぶやいたのが、強く印象に残っていた。

だから、五十年もの長い間連れ添ってくれたことへの感謝の気持ちとして、四季島での列車旅行をプレゼントしようとひそかにもくろんでいた。年がいもなく、サプライズで。費用は二泊三日二人で百万円ほどかかるらしいが、なに、人生で一度きり、最後のお祝いだ。彼女も納得してくれるはずだ。

幸か不幸か、妻も娘も金婚式のことには気づいていない。妻はよろこんでくれるだろうか、それとも驚くだろうか？　……いや待てよ、もしや怒られるとか？　しまり屋だから、二泊三日の旅行で百万円なんて！　と叱られたり……いやいや、それはないだろう……でも三日で百万ということは、割ると一日で約三十三万か……一日、三十三万円だって⁉　マジか……待て待て、だから理系は理屈っぽいといわれるのだ、日割り計算なんてするんじゃない！　そう、プライスレスの旅なんだから！　……いや、プライスレスじゃなくて、プライスありなんだが……二日だと六十六万円……おいおい、嘘だろう？　……ダメだダメだ、もう決めたんだ！　男は一度こうと決めたら初志貫徹。おっ、また四字熟語が出たな……でもやっぱり、妻に相談してから決めるべきなのか？　……それじゃサプライズにならんか……多少たくわえはあるにせよ、しがない年金暮らしの身に贅沢は許されないのだろうか？　だからこんなに迷うのか？　……おれは、なんて小さい人間なんだ……

こうして一夫は延々と、悶々と悩みつづけた。そして、すっかり疲れ果てて眠り込んでしまった。

『老人と海』で、老人はライオンの夢を見ていたが、こちらの老人は、札束が飛び去る夢を見ていた。

墓守れ　いったい何から　守るんだ？

ウォーキング

宮戸千鶴　66歳

ウォーキング　ポールか杖か　わからない

＊

「先生、お久しぶりですぅ〜！」

千鶴（ちづ）が抱きつかんばかりのしぐさを見せると、日出子（ひでこ）先生の笑顔がはじけた。

「あら宮戸（みやと）さん、しばらくぶり。病院に来なかったということは、体調が良かったということですか」

「いえ、それがね、娘が出産したので面倒を見にいってたんですけど、慣れない娘の家に三週間ばかりいたら、すっかり気疲れして。そうしたら、体の調子もおかしくなっちゃって」

「あら、それは大変。さっそく検査してみましょう」

千鶴は、軽い高血圧とひざと腰に痛みがあって病院に通っていた。いずれも重いものではないそうだが、年齢が年齢だけに、できればこれ以上症状を悪化させたくなくて、定期的に経過を見てもらっていた。

「血液検査の結果も、前と変わりありませんね。ひざと腰はどうですか？　痛みますか」

「それが先生、娘の家で家事の手伝いをしてたら、腰の痛みが強くなってきたんです。ほら、マンションの床って硬いじゃないですか。それにいまどきはキッチンの高さも高くて、腰が」

日出子先生は、頬杖をつくように頬に手をあてて考えている。

「それは困ったわねぇ。関節って痛みが出たからといって、かばって動かさなくなると、さらに悪化してくるから……そうだ、ノルディックウォーキングをやってみませんか？　痛みが軽度のうちなら改善する可能性は高いですよ。症状がひどい人には勧められないけど、千鶴さんにはいいかもしれない」

ちらりとカルテを見て、つづける。

「千鶴さんは前期高齢者になりたてだけど、まだ若いから大丈夫だと思うな」

「ノルディックウォーキングというと、あの棒をもって歩くやつですか？」

「棒というか、ポールなんだけど」

説明によると加齢による関節の痛みは、軟骨がすり減ったり筋肉がおとろえたりすることがおもな原因らしい。だからといって痛いからと体を動かさずにいると、筋肉がさらに弱って症状がひどくなることも多い。

「でも、痛いのに体を動かすのはつらいというか」

「ところが、ノルディックの場合は少し違ってて、ポール一本が体重の約三十パーセントを支えてくれるの。だからひざや腰への負担が軽減される上に、筋肉をつけることにもなるわけね」

足だけを使うウォーキングに比べ、上半身も使うので全身の九十パーセントの筋肉を動かすことになることから、いいとこ取りの運動と言われている。

「ひざが痛くて五分も歩けなかった人が、ポールを使ったら痛みがなくなって三十分以上歩けるようになった、なんて症例が多くあります。介護予防にもなるし」

千鶴は骨密度も少し低めなのだが、骨粗鬆症の予防や、さらにはメタボリック症候群の改善にも役立つのだという。

「関節の痛みやメタボ対策に、医者がよく勧める水中ウォーキングがあるけど、わざわざジムやプールにいかなくちゃいけないし、少額とはいえ毎回お金がかかるのが負担という人も多い。でもノルディックウォーキングなら、どこでもできるし、最近は登山にも使われるようになってます。でも運動効果が高いからといって、無理すれば逆効果になる可能性もあります。だから千鶴さんは速く歩くことより、ゆっくり長く歩くことをめざしましょう」

聞けば聞くほど、いいことだらけのような気がしてきた。持ち前の好奇心が頭をもたげた。

「わかりました、やってみます！」

「じつは私、ノルディックウォーキングの指導員の資格を持ってて、定期的に歩く会を開催してます。ノルディックのポールは〈転ばぬ先の杖〉でもあるから、関節の痛みを悪化させないためにも、まずは歩いてみましょうよ、ね？」

そんなふうにして千鶴は、体験会に参加することになった。

*

五月のある土曜日、千鶴は広瀬川を見おろす西公園に向かった。集合場所には十人以上の人たちがいて、みんな手に二本のポールを持っている。そんな人の輪の中心にいるのが、日出子先生だった。

千鶴を見つけると手をふって、「こっちこっち！」と大声をあげる。簡単な自己紹介のあと、日出子先生が今日のコースについて説明した。西公園を出発して、仙台大橋から広瀬川沿いの河畔道を進み、花壇自動車学校前を通り、ふたたび西公園へと戻ってくるという。

「今日は初参加の方が二人いますので、少し短めのコース設定、ふだんよりスローペースで、休憩も入れながら歩きたいと思います」

ちらっと千鶴を見て、先生がうなずいた。全長約二・七キロ、ゆっくり歩いて休憩も入れて四十分ほどだといって、先生がポールを貸してくれた。

人見知りの気味がある千鶴は、初参加ということでドキドキしていたが、いざ仲間の輪に入ってみると、いつの間にかウキウキに変わっていた。

きらきらと陽光をはね返す川の流れに見とれ、川沿いの小径に咲く一センチにも満たないかれんな花に頬をゆるませ、犬の散歩をしている人とあいさつを交わす。何よりふだんと違うのは、その小さな感激や感動を、一緒にいる人と分かち合えることだった。会話で、指さしで、微笑みを交わしながら——。すべてが新しい体験に感じられた。

歩き終えてクールダウンしたあとは、恒例ということで全員で円陣を組み、頭上にポールの先端をかかげて「キートス！」と唱和した。フィンランドの言葉で、感謝とかありがとうの意味だと、隣にいた人が笑顔で教えてくれた。下半身だけでなく上半身にも心地よい疲れがあったものの、体を爽快な風が吹き渡ってゆくような心持ちがした。

解散して定禅寺通りを東へ向かいながら思いを巡らせた。本当に自分は四十分も歩けるのか、最初は正直、不安だった。でも歩いてみたら、あっという間だった。予想外だったのは、たった二本ポールを持つだけで、歩くのが本当に楽になることだった。

少し大げさかもしれないけど、自分は今日、生まれ変わったんじゃないかという気がした。それほど楽しかったのだ。

そうだ！　鉄は熱いうちに打てともいうから、駅前のスポーツ用品店によって、自前のポールを買っていこうと決めた。思いついての衝動買いは、これまでにも数えきれないほどあった。テレビの通販番組に、そそのかされてつい買ってしまって、物置にしまいこまれているものはたくさんある。

でも、今回はちがう。これは間違いなく、のちのち良い買い物をしたと思えるはずだ。日出子先生、誘ってくれてありがとう！　心の中でそう語りかけ、はずむような足どりで駅へと向かった。

翌朝、目覚めて千鶴は驚いた。あんなに歩いたのに筋肉痛もなく、最近の暑さのせいで食欲も落ちていたが、今朝はごはんを半膳お代わりしてしまうほどだった。そういえば、夜中にトイレに起きたのも一度だけ。近年まれにみる熟睡ぶりである。

朝食後に、その話を夫にした。彼は目を見開いて、のけぞった。

「嘘だろ、夜中に起きたのが一回だけ？　もしそれがほんとだとしたら、うつらうつらしたまま次のトイレに何回も起きるっていう、あの地獄のサイクルにハマらずにすむってことか。まるで極楽じゃないか」

ずいぶんとまた、望みの低い極楽ですこと。

「私、すごく単純なことに気づいた。年をとってくると、あちこち痛いとかで動くのが億劫になって、そうすると体もあまり疲れなくて、結果、夜にぐっすり寝られなくて眠りも浅くなる。だから、ちょっとしたことでもトイレに起きてしまう。悪循環だったんだね。昼間ちゃんと運動して体を疲れさせて、ごはんを食べて寝ればいいんだよ。介護予防にもなるし」

「介護予防か」

そうつぶやいて、しばし彼は何かを考えていた。この年になると、互いの介護は遠い将来の話ではなくなってくる。あなたもノルディックを、と言いかけて、やめた。せっかく新しい楽しみを見つけたのに、家の外でまで一緒は絶対に嫌だ。

「よ～し、今度病院にいったら、体が疲れて、ぐっすり眠れて、トイレに何回も起きなくていい薬を、先生に処方してもらうか！」

ダメだこりゃ……。

＊

数日後、千鶴は近くの公園までポールを持って出かけた。そこそこ広い公園で、園内を縫うように遊歩道が巡っているから、練習に歩いてみようと考えた。最近は二十五度を超える日もあり、小さなナップザックに飲み物やタオル、スマートフォンを入れた。

平日とあって人の姿は多くなかったが、やはり仕事をリタイアした年齢くらいの人が、ぽつぽついた。新品のポール、使い初めである。千鶴は昔から体を動かすことが好きで、子どもの頃はおてんば娘と呼ばれることもあったほどだ。

スポーツ好きで仲間とテニスをしたり、もっと若い頃はスキーに熱中していたこともある。だから、ただ歩くことには魅力を感じなかった。でもノルディックウォーキングは楽しかった。二本のポールを持つだけのことで、歩くことがとたんにスポーツに変わる実感がある。

何より、この年齢で思うのは人と競わないスポーツっていいなということだ。日出子先生のノルディックウォーキングの会の開催は、月一度だけだそうだ。それを楽しみに会員たちは、ふだんから思い思いにトレーニングに励んでいるのだと、知り合った女性が教えてくれた。よし、私も頑張ろう。

公園の入り口付近から、ポールを両手に持って歩きはじめる。先生に「あまり無理しないで、最初はポールは体の横につくぐらいで」と教えてもらった。その言葉に忠実に、自分のペースで長くゆっくり歩いていく。

公園は新緑がまぶしい季節を迎えていた。春に芽吹いた若葉が、徐々に強くなる陽射しを受けて、少しずつ緑色を増していく時季だ。ゆっくり歩きながら、この間のノルディックウォーキングの会のことを思い出していた。あのとき歩いた広瀬川河畔の小径沿いで見かけた、小さな野の花や対岸の崖に自生する木々は、たくましかった。みんな頑張って生きてるなと感じることで、日々の暮らしの嫌なことやつらいことを忘れられたのだ。自然って、すごい。

あれこれ考えながら歩いていたら、知らないうちに三十分近く歩いていた。初心者は、こまめに休憩をとるようにとの忠告を思い出し、ベンチを見つけて腰かけた。ザックからボトルを出し、水出ししたほうじ茶を飲む。春には桜並木がみごとな公園の木々も、すっかり葉を茂らせている。深呼吸すると空気さえおいしかった。

ひと休みしたら体が軽くなったので、歩きすぎに注意して再開した。向こうからサッカーボールを蹴りながら男の子が歩いてくる。小学校の三、四年くらいだろうか。気分がよかったので、すれ違いざまに、こんにちは、と声をかけた。

少年が立ち止まって、ぺこりと頭を下げたので、千鶴も立ち止まった。二本のポールを、じっと見ている。

「なんで杖を二本もってるの？」

杖。ずばり直球の質問だ。

「これはね、杖じゃなくてポールっていうんだよ」

「なんで、それ使ってるの？」

子どもによくある「なぜなぜ攻撃」だ。

「これを持ってると歩くのが楽になるからね」

「なんだ、やっぱり杖じゃないか。ぼくのばあちゃんも使ってる、一本だけだけど。二本ってことは、ぼくのばあちゃんより二倍足が悪いってことだね！」

高揚した気分を、ちょっとだけへし折られて帰途についた。

定期診察で病院へ行ったときに、日出子先生と話した。

「先生、最近すごく調子いいんです」

「良かった。そう言ってもらえると、私も紹介したかいがあります」

「ノルディックウォーキングって、すごい。私もう、すっかりとりこです」

「〈歩くことは人間にとって最良の薬である〉。今から二千五百年もの昔に、医学の父といわれるヒポクラテスが言った言葉よ。人間は歩くからこそ人間だ、とも言えます」

あの少年との会話を思い出して話した。

「張りきって歩いてたのに、子どもに杖って言われて、がっかりしちゃって」

「あながち間違いじゃないですよ。ポールは〈魔法の杖〉とも呼ばれてるから。私は呼び名はどっちでもいいと思ってるけど、でも子どもにそう言われたということは、もしかすると姿勢が前屈みだったからじゃないかな。ひざや腰が痛い人って無意識にかばおうとして、どうしてもそうなりがちだから」

そういえば先生の歩く姿勢は、背筋がすっと伸びていて恰好がいい。

「背中をまっすぐに保とうとするよりも、骨盤を前に傾ける感じ、下腹を前に突き出す感じで歩くといいかもしれない。横から見て、背中がS字カーブになるようにイメージして」

「了解です！」

元気にそう答えて、もっともっと頑張るぞ、と千鶴は思った。

＊

あの少年の言葉と先生からのアドバイスで、一念発起した。遅まきながら、本気でノルディックウォーキングについて学ぼうと思った。歩き方のせいで、ポールが杖に見えたかもしれないという先生の話が、負けん気に火をつけた。何に勝とうとしてるのかは不明だが——。

思えば、若い時分からスポ根ものが好きだった。息子が見ていた『キャプテン翼』や、娘が見ていた『YAWARA!』などのテレビアニメを、家事の合間に一緒になって見ていた。苦労と苦難の末に、栄光をつかみとる主人公たちに、親子で入れ込んでいたものだ。

ノルディックウォーキングだって同じだ。いま私が持っている物が杖に見えるなら、さっそうと歩いてポールに見えるようにしてみせる。そうだ、スポ根ものに必ず登場する魔球ならぬ、魔歩きだ！　……どんな歩き方だ。

本も買ってきた。ノルディックウォーキングは、北欧のフィンランド発祥で、もとはクロスカントリーというスポーツの選手が、夏場に行うトレーニングとしてはじまった。本気でやればかなりの運動量になると書いてあった。

両手にポールを持って歩くわけだが、読み進めていくうちに、ポールをつく位置は大きく二種類あると知った。前方につけば歩幅が大きくなって運動量は増えるが、体のすぐ横につけば歩幅は広くならないため、関節痛の人でも楽に歩ける。

千鶴は先生に勧められたとおり、体側にポールをつくよう心がけ、歩幅もふだん歩くのと変わらないように気をつけていた。厚生労働省が定めた運動単位の指針によれば、ふつうに歩く一時間は「三エクササイズ」に相当するそうで、意味はよくわからなかったが、ノルディックウォーキングでは三、四十分で同じ運動量になることもわかった。

翌日、試しにポールをちょっとだけ前にして歩いてみた。やってみると確かに歩幅は少し大きくなり、歩く速さも増した気がした。それを意識するうちに、視線も遠くまで届くようになり、それまでは頭が下がり気味で歩いていたと気づいた。

顔の位置を上げることを意識すれば、自然に背筋も伸びるはずだと思った。ノルディックウォーキングで大切なのは、ポールを後ろに押し出す動作だと書いてあったので、強めに押すことも意識した。

しばらく歩いてみたら、これまでとは違う手応えを感じた。大げさな表現をすれば、飛ぶように歩ける感覚がある。

（私、なんだか上手になってきた……）

週に一回だったウォーキングを、二回に増やし、やがて用事のない日以外、歩かないと気がすまないまでになっていた。

帰宅して汗をぬぐっていると、時代劇を見ていた夫が呆れたような顔で言った。

「あんた、今日も歩いてきたのか……ウォーキング中毒じゃないの？」

「中毒なら中毒で、全然へっちゃらですけど？　晩酌中毒の誰かさんより、はるかに健康的でしょ」

「どんなに体にいいものだとしたって、中毒になるまでやったらビョーキだろう。年をとったら何事もほどほどが一番」

「へえ。だったら晩酌も、ほどほどにしてもらおうじゃないですか」

「ど、どこが、ほどほどじゃないっていうんだ」

「毎晩ビールを大瓶で一本、そのあと日本酒を冷やの徳利で二合。それで、ご飯を食べたらおしまいかと思えば、今度は寝酒と称して熱燗で一本。時には、今日は調子がいいとか言って、また一本追加したりして」

「あのう、ほどほどとは、どれぐらいをお考えでしょうか？」

「一日にビール一本。それか、お銚子一本」

「そんな……おれがビョーキになるわ」

「お酒をやめてビョーキになる人がいますか！」

「あー、くわばらくわばら。拙者、ドロンでござる。さらば！」

慌てて玄関から出て行った。都合が悪くなると、すぐ逃げる。夫ときたら、外出するのはせいぜい病院へ行くときだけで、あとは日がな一日テレビを見ている。そのくせ、「ヒマだヒマだ」が口癖なのだ。

日々の暮らしでも、お茶やコーヒー、ご飯から酒の肴、果ては布巾一枚まで、千鶴に声をかければ、すべて自動的に出てくるものだと思いこんでいる。そんな風にしてしまった原因の一端は自分にもあるとはいえ、最近つくづく感じることがある。

私はあなたの妻であって、母親じゃない。もう、うんざりだ。

*

公園で友だちができた。ノルディックウォーキングをする篤子さんという女性で、昔あったメル友という言葉から、千鶴は彼女を「ノル友」と呼ぶことにした。互いに詳しい年齢は知らないが、ほぼ同世代だということは会話でわかった。

いつもの公園で歩いていたとき、ポールを持って颯爽と歩いてきた彼女と言葉を交わしたのがきっかけだ。子どもたちも巣立って夫と二人暮らしをしていると話してくれた。あるとき急に何か新しいことをしようと思い立って、はじめたのだという。

それが三年ほど前のことで、ぽっちゃり気味の千鶴に比べて彼女はスマートだった。背筋もしゃんと伸びている。とても気さくな人で、千鶴と生活環境が似ていたこともあって会話も弾んだ。

以来、週に一回くらいのペースで、待ち合わせて一緒に歩くのが習慣になった。自分にとって日出子先生は、距離が遠すぎて目指すとはとても言えない存在だけど、篤子さんならお手本にできる、そう思ったのだ。だから、まずは篤子さんに追いつき、そのうち日出子先生にも追いついて、いつかは……そんな大それたことを妄想する時間も楽しかった。

その日、千鶴にはある考えがあった。日出子先生のアドバイス通りに歩けているかどうか、自分のスマホで撮ってもらおうと思った。篤子さんにお願いすると快諾してくれた。

「それ、いいアイディアですね。ちゃんとした姿勢を確認するのに役立ちそう」

「私はまだまだ初心者だから、少しでも早く上達したいなと思って。でも自分が歩いてるところって見られないし、撮影するにも一人じゃ無理でしょう？　だから知り合いができてよかったです」

「でも、私は動画なんて撮影したことないけど大丈夫かなあ」

「別に動画を、ユーチューブっていうんだっけ？　あれで公開するわけじゃないんだし、自分で見られればいいだけだもの。でも念のため、ちょっと化粧だけ直してこようかな」

二人で笑った。ウォームアップ代わりに、二人で三十分ほど歩いてみることにした。このあとで撮影してもらうのだと思うと、いつも以上に気合が入った。せっかく撮ってもらうんだから、誰に見せるわけではないにしても、できれば恰好いい自分の姿を見てみたい。背筋を伸ばし、歩幅は広めに、歩くピッチも速めで、ポールを後ろに強めに押し出すのを意識して――。

撮影は背景に森が見える場所を選んだ。彼女にスマホを構えて立ってもらい、千鶴が二十メートルほど離れた所から歩いてくる姿を、前と真横から、そして後ろ姿まで何回か撮ってもらうことにした。

「いやだ、なんだか緊張してきた」

「モデルさんじゃないんだから、いつも通り歩けばいいんですよ」

その、いつも通りがむずかしいのだ。一回、二回とリハーサルで歩いてみる。まるで誰かに操縦されているロボットになったみたいに、体がガチガチだった。ほぐそうとして手足をぶらぶらさせても、まだやはり硬い気もしたが、これ以上彼女を待たせるのも悪い。

「それじゃ、お願いします！」

彼女が指でOKサインを出した。よし行こう、と気合を入れて歩きはじめる。骨盤を前傾、視線はなるべく遠くに置いて、背筋を伸ばし……。

足下に違和感を感じた。次の瞬間、右ひざに鋭い痛みが走る。激痛にうずくまって後ろを見ると、小石が落ちていた。

「つぅ……痛い」

「大丈夫？　どうした、ひざ痛めた？」

　こくこくとうなずく。大きめの石を踏んづけて、ひざを捻ってしまったらしい。篤子さんの肩を借りて、近くのベンチまでいって腰かけた。ズキンズキンという音が聞こえそうなほどの痛みだ。やっちゃった、と思った。

「とにかく少し休みましょう。まずは、水でも飲んで落ち着かないと」

　水分補給して二十分ほど休んだものの、痛みが完全に引くことはなかった。結局、篤子さんに右ひじを支えてもらいながら車まで戻った。ひざをかばいながら歩くのにポールが役立った。

　本当に、ポールが杖になっちゃった……。


　家に帰って猛反省した。

　篤子さんと会って以来、知らず知らず彼女のペースに合わせて歩いていたことに、あらためて気づいた。もともと良くなかったひざに、少しずつ無理がたまっていたのかもしれなかった。

　ノルディックウォーキングは人と競わないところがいいと思っていたくせに、私って本当にバカだ。もともとは痛みの改善が目的だったというのに、無意識のうちに対抗心を燃やしてムキになって。根っからの性格って、やっぱり変えられないのかなと、しみじみしょんぼりした。


病院へ行って、日出子先生にいきさつを説明した。

「無理して歩きすぎたのね。明らかにオーバートレーニングでしょう」

いつもは明るい日出子先生の表情が曇っていた。

「ノルディックウォーキングに引っ張り込んだのは私なので、ちょっと責任も感じます。ごめんなさい」

「いえ、私が悪いんです。先生のアドバイスを聞かないで、勝手に歩くペースをあげたりして」

それほど重症ではないと聞いてほっとしたが、念のために湿布を出してもらうことになった。痛みを薬で抑えると、勘違いしてしまって同じケガをする可能性もあるから、痛み止めは処方しないと言われた。

その代わり、週に二回ほどレーザー治療と低周波治療のリハビリにくるよう告げられた。診療室を出るとき、日出子先生は言った。

「若いときのケガや病気って治ることが前提だけど、ある程度の年齢になると治らないことも増えてきます。酷な言い方かもしれませんけど、気長に上手につき合っていきましょう」

その言葉で、肩の力がふっと抜けた気がした。痛みを改善しようとはじめたのに、そのせいで悪くしてしまっては元も子もない。自分の状態と年齢を自覚して、これからは絶対に無理はしないと肝に銘じた。

*

リハビリに通いながら、しばらく歩くのを休むことにした。

痛みがすっかり治まった頃、篤子さんからメールが届いた。

〈いいことを思いついたので連絡しました。突然ですけど温泉に行きませんか？　関節痛に効くそうです〉

宮城県内の温泉で、日帰りも宿泊もできる温泉地がいくつか添付してあった。とたんに目の前がパッと明るくなった。温泉、いいな！　せっかく行くならちょっとだけ遠い所、どうせだったら泊まりがいい。

彼女と泊まりは初めてだけど、温泉につかって、宿で夜遅くまでおしゃべりするなんて素敵だ。そういえば篤子さん、お酒は飲めるのかな。一日目も二日目も温泉にたくさん入って、ひざの痛みなんて嘘のように良くなって、しっかり治して、そうしたらまた歩けるようになるはずだ。

日出子先生からは、痛みが完全になくなるまでは我慢するようきつく言われていたから、再開できるのを心待ちにしていたのだ。そう、この温泉旅行をきっかけにしよう。

温泉旅行の詳細を決めるため、会って相談することになった。古くからある仙台駅前の喫茶店で待ち合わせた。あとからきた篤子さんは、向かいに座るなり言った。

「温泉、どこにするか決めました？」

「まず、日帰りか泊まりかだけど、篤子さんはどっちがいいですか」

「今回は温泉療養が目的だからあくまでも千鶴さん次第だけど、せっかくだから一泊ぐらいしたいかな、とは」

千鶴も大きくうなずいた。

「やっぱりそうよね。そうなると、どの温泉がいいんでしょうね。じつはうちでは家族で泊まりで出かけたことってあまりないから、温泉も詳しくなくて」

篤子さんは子どもたちが小さかった頃、一年に一回程度、温泉旅行に行っていたという。

「私、ドライブとか車の運転って苦にならないから、宮城県内ならどこでも大丈夫だと思いますけど、行ってみたい温泉ってあります？」

篤子さんのリストで目に留まった温泉があった。有名だけど、千鶴はまだ行ったことがなかった。

「ずいぶん前だけど、鳴子温泉が全国温泉番付の東の横綱になったって、何かで見た記憶があるんだけど本当ですか」

「ああ、それは本当です。どこかの旅行雑誌か何かのアンケートだった気がするけど、鳴子、いいかもしれませんね。泉質の種類も多いし、確か関節痛によく効くって評判の宿もあったような……どの宿だったか調べておきます」

温泉旅行の提案から宿の手配まで、おんぶに抱っこで申し訳なかったが、お願いすることにした。温泉地でノルディックウォーキングをするかどうかは、この後のひざの経過次第で、出発前に千鶴から申し出てみようと考えていた。

きっと篤子さんも、できれば歩きたいと思っているはずだ。もちろん今度は絶対に無理はしない。彼女に合わせるのは、もうやめにした。あくまで自分のペースで、まだリハビリの途中であることを忘れないようにしよう。

ノル友とのノル旅は、二週間後と決まった。同世代の、新たにできた友だちとの初めての旅に心がはずんだ。

*

当日、篤子さんに家まで迎えにきてもらった。千鶴の荷物とウォーキング用のポールもトランクに積み、意気揚々と出発した。二人とも、まるで子どものようにはしゃいでいた。

高速道路は景色が単調でつまらないという彼女は、国道四号をしばらく北上してから、岩出山を抜けて鳴子へ向かう道にしたと教えてくれた。歴史にも造詣が深そうで、せっかくだから岩出山伊達家の学問所だった有備館を観覧していこうという。

ひっそりと静まり返った建物と庭園を見物し、それから鳴子温泉への途中にある「あ・ら・伊達な道の駅」に立ち寄った。道の駅の人気投票で何度も東北一になっていて、チョコレートで全国的に有名な「ロイズ」の常設店舗が、本州では唯一、ここ大崎市岩出山にあるという。ロイズの工場がある北海道当別町とこの道の駅のある大崎市が姉妹都市だからで、明治維新後に岩出山伊達家の当主が北海道開拓で、当別町の基礎を作ったという歴史的な縁によるそうだ、と篤子さんが解説してくれた。

岩出山伊達家もロイズも知らなかったが、すごくおいしいチョコレートだというので買い求めた。飲食店もいくつかあったから、夜のごちそうに備えて昼食は軽めにすませ、いよいよ鳴子温泉郷へと向かった。

「篤子さんのおかげで、まだ初日の半分だっていうのに、初めてのことをたくさん知れてよかったです。まるでガイドさん付きのツアーみたいで、すごく充実……あ、ごめんなさい、ガイドさんなんて」

「気にしなくていいですよ、私も好きでやってるんだから。時間はあり余ってるし」

篤子さんは少し複雑な顔になった。あり余ってる？

「それにしても歴史、本当に詳しいんですね。びっくり」

「伊達家のことは、地元仙台の歴史を知ることにもなるので。けっこう昔から歴史は好きで、いろいろ読んだり見たりしてるから、なんとなく覚えてるだけです」

そんな話をするうちに大きな通りから、鳴子温泉に向かう細くて急な坂道を車は登っていた。ずいぶん前に有名な鳴子峡の紅葉を見にきたことはあるが、鳴子の街に入るのは初めてである。

独特の硫黄臭が立ちこめていたが、気になったのは最初だけですぐに慣れた。それ以上に、湯けむりとか旅情とかいう言葉が浮かぶような、昔ながらの温泉街がいまも存在していることに感激した。

「ところで千鶴さん、温泉に入る心の準備、もうできてます？」

篤子さんが、いたずらっ子のような表情で言った。

「あ、はい、え？　これから入るの？」

「私の一方的な予定を話しますね。これから、まず滝の湯っていう共同浴場で温泉につかってから、軽く歩いて、旅館に着いたらまた温泉で汗を流す。どうですか？」

「いいですね！　すごくいい」

「でも歩くのは、ほんとに軽く。あくまでリハビリですから」

彼女のほうから歩こうと言われたのがうれしく、何より千鶴のケガを最優先に考えてくれていることが伝わってきた。滝の湯は鳴子の温泉神社のご神湯で、千年の歴史がある白濁のお湯だという。

「でも入湯料は、たったの二百円。ここへきたら入らないと損ですよ」

公営駐車場に車を停め、入浴道具を持ってわくわくしながら坂道を温泉に向かった。

温泉のあと、わずか十五分というウォームアップ程度のノルディックウォーキングを終えて、宿に着いたのは四時をまわった頃だった。荷ほどきする間もなく大浴場へ向かい、本日二度目の温泉に入ってから部屋に戻った。

湯上がりに、窓の外に広がる田んぼと遠くの山並みを眺めていたら、極楽という言葉が心に浮かんだ。あぁ、今日はいい日だったな。

部屋での夕食だった。山奥の旅館で出てくる魚の刺身、といった違和感満載の料理ではなく、ちゃんと地元産牛肉や山菜を使った膳は素朴だけどおいしかった。古びてはいるが清潔感のある宿で、とても好感がもてた。さすが篤子さんが選んだだけはある。千鶴の彼女への評価はうなぎのぼりだ。

料理を下げてもらったあとも、彼女はいける口らしく白ワインをちびちび飲んでいた。千鶴も昔は飲める口だったが、飲まない期間が長すぎてすっかり弱くなっていた。ビール一杯で酔ってきたので、水でほてりを冷ましている。

やがて篤子さんが、問わず語りでぽつりぽつりと話しはじめた。どこかは言わなかったが、公務員として長く働いてきて、おもに文化や教育に関連した仕事をしてきたという。ずっと共働きしながら二人の子どもを育てあげた。

「いわば、元祖ワーママっていう感じでした」

「どういう意味？」

「働くママ、ワーキングママのことです。もちろん、当時はそんなしゃれた呼び名はなかったけど」

彼女は今どきの事柄に詳しくて勉強になる。歴史に詳しいのも、現役時代の仕事柄なのかもしれない。昔の話を聞いていると、篤子は千鶴より何歳か年下かもしれないなと思った。

ひと呼吸置いてから、彼女はつづけた。

「私、千鶴さんに隠してたことがあります」

とたんに、ドキドキしてきた。隠してたこと？

「この旅に誘ったのは、千鶴さんのひざが良くなればいいなと思ったのと、もうひとつは、隠してたことを打ち明けたいと思ったから。なんだか騙してる気がして、ずっと後ろめたかったけど、何となく言い出せなくて」

「そんな……話したくないなら、無理に話さなくてもいいです」

「アルコールの力を借りないと話せないなんて、ちょっと恥ずかしいけど。でも聞いてほしい」

少し迷ってから、無言でうなずいた。

「じつは私、離婚してるの。三年前に」

驚いた。知り合ってすぐの頃、子育ても終えていまは夫婦二人暮らしと言っていた。

「ノルディックウォーキングをはじめたのも、一人暮らしになったのをきっかけに、何か新しいことをやりたくなったからなんです」

この年齢から一人暮らしを選ぶなんて、さぞかし勇気がいったことだろう。

「いまから十年ぐらい前のある日、唐突に思ったんです。私のこれまでの人生って、ずっと私以外の誰かのために生きてきたんじゃないかって」

いつもは理路整然と流暢に話す彼女が、とつとつとした口調に変わっていた。

「親のためとか、夫や子ども、家族のためとか、そして職場の人たちのためとか、自分以外のいろんな人のために頑張ってきた。もちろん、それはそれでいいこと。でも、自分自身をちゃんと生きてたんだろうかと、不意に考えてしまって。いったん思いはじめたら、その考えが頭から離れなくなって」

どう言葉をかければいいのかわからなかったから、黙っていた。

私は子どもの頃から勉強ができるほうだったし、学校のいろんな行事にも積極的で、明るくて前向きで、そうしていると両親のよろこぶ顔が見られたから、期待に応えなきゃってもっと頑張った。公務員になったのも、親が安定した仕事に就いてほしいって望んでいたから。

働きはじめて少しした頃に結婚して、できれば仕事はつづけてほしいと夫から言われて、働きながらの子育ては大変だったけど、でも多くの人たちの暮らしを支える仕事には、やりがいも手応えも感じていた。子どもたちの学校行事も、勉強や部活の送り迎えも、できる限り頑張ってきたつもり。

親の介護もできる範囲で精一杯やったし、両親を見送ったのと定年退職の時期とが重なったから、当時は本当に倒れるんじゃないかというほど疲労困憊していた。しかし、それもこれも全てこなしてきた。

私は、どこにいた？　私の人生は私のものなのに、肝心の私が見つからない。

「でも、それだけじゃないんです。離婚に踏み切った一番の理由は、長年夫から受けてた暴力でした」

「暴力って、ＤＶ？」

うつむいたまま、小さくうなずいた。

「私にも至らないところはあった。ううん、至らないところだらけだったかもしれない。一人娘で、こんなこと自分で言うのも変だけど、親から大事に育てられてきたから、わがままな部分も多いんだと思います」

「でも、だからって暴力を振るっていいはずはない。絶対に」

身体と言葉の暴力を受けつづけていたが、公務員ということもあって世間体を気にしていた。心身とも深く傷ついていたのに一歩を踏み出せなかった。でも、あるとき自分の人生の残り時間は、もうそれほど長く残されていないと気がついた。

この先もこのまま夫婦として暮らしていくなんて、もう限界。

二人の子どもが巣立ったのがきっかけになった。一人で暮らしていくためには何が必要かを調べ、そのための準備をはじめた。じっくりと時間をかけて計画して、自分を取りもどすために、残りの人生設計を考えた。

「最後はもう、えいや！　って実行した感じでした」

「そうだったんだ……本当に大変だったね」

「だから、ごめんなさい。嘘ついてて」

ぶんぶんと首を横にふった。

「結局私って、自分勝手でわがままな人間なんだと思います。でも人に嫌われるのがいやだから、本当の自分を隠して、ずっと仮面をかぶってきた」

仮面……仮面舞踏会？　……そんな言葉が浮かぶ。娘が好きだったアイドルの曲。あんた酔ってるね？　うん、完全に酔ってる……。

彼女はグラスを見つめている。千鶴には、彼女の気持ちは完全には理解できなかったけれど、共感はできる気がした。同じような思いを抱えている女性は多いはずだが、現実に実行できる人は、ごく限られているだろう。

「強がってても、ときどき無性に淋しくなることはあります」

彼女は顔をあげてこちらを見た。

「こんなふうに旅に誘ったのも、そう。ときどき不意に、誰かとどこかへ行きたくなる。一人じゃなくて、誰かと。でもそんな淋しさを差し引いても、夫と暴力からも逃れることができて、自分を生きてるっていう実感はあります」

彼女は窓の外に広がる星空を見つめた。千鶴の心に、ふつふつと湧きあがってくるものがあった。

「篤子さん、本音を言ってもいいかな」

「どうぞ」

「うらやましいっ！」

小さく握りこぶしをつくり、あらん限りの思いを込めて告げた。

「だって一人ということは、料理したくなかったらスーパーで買ってきたお惣菜をそのまま食べたりしていいんでしょう？　外に出て店で食べるのも自由だし、冷凍ギョウザがおいしいと思ったら、わざわざ皮に包んで手料理しなくたって、いつも冷凍ギョウザでいいんでしょ？　だって、そっちのほうがおいしいんだから！　ね、そうでしょ？」

「そ、そう……かな」

「いいなあ、ほんと、うらやましい」

「……千鶴さんって、料理が嫌いなんだね」

思いきりうなずいた。料理が楽しいとか面白いとか思ったことなんか、一度もなかった。

篤子さんは穏やかな笑みを浮かべていった。

「最初はね、子どもたちや周囲からは卒婚を勧められた。でも、いったんこうするって決めたら後戻りできなかった」

「卒婚って何？」

「戸籍や相続関係は結婚の形式のままで、互いに干渉しない夫婦関係になることをそう呼ぶみたい。卒婚後、同じ家で同居人のように過ごすケースもあるし、別居するケースもあるみたい」

「……篤子さん」

「どうしたの？」

「決めた！　私、卒婚する」

「だ、大丈夫？　酔った勢いで言わないほうがいいよ。私だって、思い立ってから実行に移すまで、ずいぶん時間をかけて考えて準備したんだから」

「私だって、できることなら離婚したい。あんな自分の身の回りのことすら何一つできないジイさんの面倒、この先も見つづけるなんて、もうほんとにイヤ、うんざり。でもそうは言っても現実問題として、離婚に踏み切る勇気も度胸も、私にはない。経済的に自立して一人で暮らせるかと言われたら、悔しいけどとても生活できないのもわかってる。だから、長年の惰性でしょうがなく一緒に暮らしてる。それが本音で、本心。だから、一人で生きてる篤子さんはうらやましいって、心から思う」

ありがとう。そう言って彼女ははにかんだ。その後も話は尽きなかった。

篤子さんが、不意に表情を輝かせて言った。

「そういえば千鶴さん、ノルディックウォーキングに公認コースというのがあるのは知ってる？」

「ううん、初耳」

全国に十数ヵ所しかないノルディックウォーキングの公認コースの一つが、宮城県の川崎町にあるみちのく杜の湖畔公園の中にあるのだという。三キロの初心者向けコースと、五・二キロの中・上級者向けコースとの二つがある。

中・上級者向けの公認コース……なんと甘美な響きだろう。

「いつか二人で、そのコースを歩いてみない？　もちろん無理はしないで、しっかり休みながら」

「いいね。少しずつ少しずつ、地道に長く歩く練習をして、いつか公認コースを完歩できたらすごい。また新しい自分に出会える気がする」

「まずは初心者コースからチャレンジしましょう」

「腕試しならぬ、足試しだね」

目の前に、また新たな道が見えてきた気がした。いくつになっても目指すものがあるのはすばらしいことだ。そして、それを一緒に目指せる友だちがいるということも。二人に深い交わりが生まれた旅の一夜になった。

*

「ひざの痛み、その後どうですか？」

日出子先生が言った。リハビリも週一程度に減っていた。

「このところ全然痛みは出ません。この間、温泉に入ってきたら、それからすごく調子がよくて体も軽くなりました。リハビリがてら少しだけ歩いたけど、大丈夫でした」

「よかった。でも一度ケガしてるし、くれぐれも気をつけてくださいね。これから自分の年齢が減っていく、なんてことはないんですから」

ひざの状態を診断してもらい、リハビリにはもう通わなくていいと許可が出た。やっと無罪放免になった感じがして、最高に晴れやかな気分で病院を出た。

午後から、いつもの公園に行った。篤子さんは用事があるらしく単独でのノルディックウォーキングだった。はじめた頃のことを思い出して、新鮮な気分である。

暑い夏も過ぎ去って、季節は初秋を迎えていた。千鶴のいちばん好きな時季だ。新米をはじめ、おいしい食べ物がどんどん収穫されて出てくるから、ついつい食べすぎてしまうのが玉にきずだけど。

向こうからボールを蹴りながら子どもが歩いてくる。いつかの少年だ。憶えていたらしく「こんにちは」とあいさつしてきた。千鶴も立ち止まって「こんにちは」と返すと、少年は眉をひそめた。

「まだ杖ついてるの？　足が痛いの？」

この子なりに心配してくれているのだろうかと、心がほっこり温まった。

「足が痛いのは、もう治ったんだけどね」

手に持ったポールを上げて見せた。

「これは、杖は杖でも〈魔法の杖〉なの。これを使って歩くとケガが治るって、お医者さんが教えてくれたんだ」

若者の言葉で言えば「話を盛った」ことになるけど、まあ、いいか。

「へえ、ケガが治る魔法の杖か。カッコいいな……ぼくも魔法の杖、欲しくなった！　あのさ……」

そういって少年は千鶴の顔を指さした。

「おばさんなの？　おばあさんなの？」

「さあ……どっちなんだろう。どっちに見える？」

う〜ん、とうなって考えている。

「さっき歩いてるところが、なんかちょっとカッコよかった。なんか、シュッ、シュッ、って歩いてた。だから、ギリおばさんかな！」

「そう、よかった。ありがとね」

またボールを蹴りながら小走りに駆けていった。おばさんと呼ばれて、どうしてありがとうと言ったのか――。孫たちにはバァバと呼ばれてるのに、見知らぬ子から「おばさん」と呼ばれると、うれしくなるのはなぜなんだろう？　まあ、いいか。

この頃は、日々のいろいろな場面で（まあ、いいか）と思うことが増えた。投げやりというのとは少し違っていて、判断をあいまいにしたまま受け流す、という感じだろうか。年を重ねてきた自分なりの智恵なのかもしれない、とも思う。

白は白、黒は黒と、手っとり早く分けることもできなくはないけど、世の中そんな単純なことばかりではないと、この年になると感じることも多いからかもしれない。

しばらく歩いてからベンチに腰をおろし、お茶を飲みながらぼんやり景色を眺めた。鳴子の温泉旅行を思い出していた。

あの日まで千鶴は、どこか篤子さんとの距離を測りかねているところがあった。知り合い以上、友だち未満という感じだった。でも、あの宿での夜、彼女の打ち明け話を聞き、千鶴が本音を伝えたことで、少し深い部分で触れ合えた気がした。

いまの気持ちをひと言でいうなら、戦友だ。知り合うまでは一緒に戦ってきたわけではない。それどころかまるで知らない間柄だったけど、それぞれがそれぞれの立場で精一杯戦ってきた。

そんなとき、ひょんなことからノルディックウォーキングという新しい趣味と出会い、新しい友人に出会うことができた。人生の終わりが見えはじめたいま、知り合えたことに意味があるような気がした。

自分の一生の終盤戦に入って、こんな愉しみを見つけることができるなんて、人生まだまだ捨てたもんじゃない。何歳になっても新しいことって起きるんだな、と思う。

彼女に教えてもらった卒婚のことも、自分なりに考えてみるつもりだった。実際に一歩を踏み出せるかどうか自信はないけど、それでも、別の道があると知っただけでも、心情的にはだいぶ違う。ほんのわずかだが、気持ちは軽くなった。

独りで暮らす自分を想像してみる。最低限の身の回りのことは自分でやって、気分がのったら好きなものを作って食べる。移ろいゆく風景の中でノルディックウォーキングをして、できればときどき彼女と、ノル旅&温泉に出かけて心ゆくまでおしゃべりする。そんなふうに、これからの人生を過ごしていければ、もう充分だ。思い残すことなんてないし、健康で元気なままピンピンコロリで逝きたいものだ。

そんなことを考えていたら突然、篤子さんと話したくなった。スマホの電話帳から彼女の番号を選んでタップする。

「あ、アッちゃん？　いま電話いいかな」

「うん、大丈夫だよ」

一人でいたら急に電話したくなったこと、最後まで元気で健康でいたいと思っていることを伝えた。

「だから、これからもずっと友だちでいてね。よろしくお願いします」

「どうしたの、何かあった？」

「別に何もないよ。こんなこと考えてたら、急にアッちゃんに感謝の言葉を伝えたくなってきたから電話した。私はアッちゃんと一緒にノルディックウォーキングを楽しみながら、こんなふうに元気なままピンピンコロリと逝ければいいなと思ってる。健やかに生きてコロリと最期を迎えられたら、私はそれで本望」

篤子さんは数秒、黙った。

「それはそうだけど。でもチーちゃん、いつ死んでもいいと思ってるの？」

「うん、覚悟はできてるつもり」

「そうなんだ。正直私には、まだそこまでの覚悟はないかなあ。自分が死ぬ場面を想像してみると、やっぱり怖い気持ちはあるし」

今度は、千鶴が黙り込んだ。自分にも他人にも、あまり嘘はつかないほうがいい。

「……ごめん、ちょっと見栄はってた。から元気で言ってみただけ。そうね、誰だって死ぬのは怖いよね。だってさ、誰も死を経験したことなんてないんだもの。でも私、何となく天国に行けるって勝手に信じてるのは、ほんと。仏教徒だから極楽かな？　どっちでもいいんだけど、あの世っていう所は、本当にある気がする」

「ああ、それは私もあるような気がする。川が流れてて、小舟で渡っていった向こう岸には、亡くなった人たちが暮らしていて……」

「へえ、アッちゃんもそう思ってるんだ。やっぱり気が合う。私も、好きだった両親に会えそうな気がして、それが楽しみ。でもときどき思うんだけど、これまで亡くなった人全員がいたとしたら、人口密度高過ぎじゃない？」

「ふふっ、確かにね。チーちゃんは本当に、いますぐにでもご両親に会いたいの？」

篤子さんが意地悪そうに尋ねた。

「まあ、いつでもいいと言えばいいんだけど……できたら、その日は今日じゃなくて、明日以降でお願いします、神さま！」

「でもそのお願い、毎日これから延々とつづきそうな気もするけど」

「だよね」

千鶴は目を閉じた。懐かしい母と父の顔が、まぶたの裏に浮かんだ。もう少しだけ待っててね――。心の中でつぶやくと、二人がほほえんだように見えた。

逝きたいな　ピンピンコロリで　明日以降

遺影用

岡　慎平　68歳

写真裏　メモを発見　遺影用

＊

「おやおや、今日もお出かけですか？」

岡慎平(おかしんぺい)が皮肉めかしてそう言うと、祥子(しょうこ)が答えた。

「それじゃ、庭のお掃除お願いしますね。レレレのおじさん」

「誰がレレレの……」

言い返す間もなく部屋を出ていく。ソファに腰かけたまま、慎平はぼんやりと外を眺めた。

妻の祥子はこのところ、ほぼ毎日のように外出していた。何年か前から新しい趣味としてはじめた、パッチワークのサークル仲間と会っているらしかった。最初は家でひとりでやっていたが、そのうちに広い場所を借りて一緒にパッチワークを作ったりするようになったらしい。今度は発表会を開催する予定とかで、その準備と称してランチ会で集まったりしている。

新聞は朝にもう読んでしまったから、本でも読もうかと考えた。廊下の書棚にいって本を選ぼうとしたとき、ふと手が止まった。近ごろは少し読むだけで目の奥が苦しくなる。眼精疲労なのか、目の老化が進んでいるのかは知らないが、そんな短時間では本を読んだ気にもならない。

棚の端に並んだアルバムに目がいった。慎平は写真を撮られるのは嫌いだが、見るのは好きである。面白そうな写真展があれば、できるだけ足を運ぶようにしているほどだ。先日も、百歳の女性カメラマンの個展を見に行って、いたく感心させられた。

アルバムを引っ張り出して、手に取ったとき、ハラリと何かが落ちた。写真だった。しゃがんで拾い上げたとき、裏側に何かが書いてあるのを見つけた。

「……なんだ、これは」

写真の裏に手書きでメモがあって、そこに「遺影用」と記されていた。手書き文字で、ふにゃふにゃした字だった。ミミズがのたくったような字というが、まさにその通りで、薄気味悪い。

　写真には慎平と祥子が写っていた。二人の背後にはまばらな木立が見えていて、その向こうにはダムのような水の景色が広がっており、二人の間には石碑が建っていた。はて、これはいつどこで撮ったものだったか。

　メモに注意が向いていたはずだったが、そのことはすっかり忘れてしまって、写真について思い出せないことのほうが、気になってしまっていた。石碑の文字を読みとろうとするが、何と書いてあるのかが判読できない。元来目はいいほうだが、だいぶ前から老眼鏡が手離せなくなっている。

　立ち上がって老眼鏡を探す。居間のソファのテーブルの上、リモコンなどがまとめて入れてある小箱、台所のテーブルと、うろうろ歩き回ってみたものの、どこにも見当たらなかった。

「おーい、おれの老眼鏡……」

　知らないかと言いかけて、気がついた。そうだ、彼女は出かけている。

「やれやれ、こんな寒い日にご苦労なこった」

　独り言が多くなると、認知症になりやすいと何かで読んだ記憶があったが、その独り言をしゃべっているという自覚が、自分にないのだから世話はない。

　しょうがないのでソファに戻って虫メガネを手にした。百均で買ったものだが、これでいてあんがい重宝する。アルバムの一枚に虫メガネを近づけて、石碑の文字を読む。

石には〈水神〉と刻まれていた。きっとどこかへドライブに出かけたとき、ダムか湖の展望台のような場所で撮影したものだろう。と、そこまで考えたところで疑問がわいた。

もし二人で出かけたのだとしたら、この写真を撮ったのはいったい誰だ？　娘の家族と一緒なら孫たちがいるはずだが、その気配はないし、通りすがりの人に撮ってもらったのか。いずれにしてもこの場所がどこだったのか、まずはそれを確定してみないことには……。

いやいや待て待て、そうじゃないだろう！

自分につっこむ。これをどこで誰が撮影したのか、そんなことは問題ではないのだ。なぜこの写真に「遺影用」などという、不吉なメモがあったのか、ということだ。

再度「遺影用」の文字をじっと見つめた。石碑をはさんで写真の向かって左側に慎平がいて、右側には祥子がいる。ちょうど慎平の真後ろあたりに書かれている。少し考えてみたものの、まあ、そのままの意味だろうと解釈するしかなかった。

おれの遺影用――。

*

「遺影用」と書いた犯人は、いったい誰なのだろう？　腕組みをして考えてみるも、心当たりは祥子ぐらいしか考えつかない。彼女がアルバムを眺めていて、たまたま写りの良かった一枚を見つけたから、思い立ってメモしておいた。そう考えるのが妥当な線だろう。

いや、ちょっと待て。不意に別の考えが頭をもたげてきた。娘の犯行である可能性も、ゼロとは言い切れないのではないか？

長女のあずさは、お節介焼きでお調子者で、でしゃばりなところがある。たまに慎平が出かけたときなど、父親の不在を母親に確認したうえで、わざわざ訪ねてきているふしがあった。自分がたまに出かけるといっても、だいたいは病院通いで、薬がなくなったら行くということで不定期である。

娘とは特別仲が悪いわけではないと思っているが、どこやら自分を煙たがっているところもあった。逆に女房とは年の離れた友だちのように仲がいいから、父親がいないほうがよりリラックスできるのかもしれない。

例えば、ある日あずさがやってきて、何かの拍子に久しぶりで古いアルバムを見ようとなって、あの一枚の写真に目がとまったとしよう。そのときの会話は容易に想像できる。

「あら、この写真、すごく良く写ってるじゃない！」

「そうかしら？　けっこう前に撮った写真だけど」

「ほんと、二人ともよく写ってるよ。どこへいったときに撮ったの？」

「うーん、どこだったかな。ちょっと、すぐには思い出せない」

「これ、もしかして……お葬式のときとかに使えるんじゃないの」

「お葬式って、誰の？」

しばしの沈黙。目配せしあう母と娘。

「順番からいけば……もちろん、お父さんのほうじゃない？」

「十年近く前のものだと思うから、ちょっと若すぎるんじゃないのかな」

「いいのよ、そんなこと。誰も気にしないんだから、お父さんの遺影なんて。この写真が若すぎて使えなくなると困るから、できたら、あと一、二年で……」

そこで、クスッと笑う二人――。

なかば冗談めかした会話ではあるが、慎平の写真嫌いは家族のなかでも有名なほどで、最近のものなどほとんどない。いざというときになって、遺影がないとなったら困るのは確かだろう。

……いざというとき？

悪い妄想をふり払うように、慎平は頭のあたりを両手でかき回す。やっぱり犯人は、あずさかもしれない。まだまだ元気なこの父親を亡き者にしようと目論んでいるのは、手塩にかけてあそこまで大きくした娘なのか。

他に考えられるとしたら息子の隆だが、あいつは容疑者から除外してもいいのではないかと、慎平は思った。隆というやつは、おれに似て見かけはこわもてだが、存外に心根のやさしいところがあるし……待てよ、思い出したぞ。

何年か前のお盆に子どもたち家族が集まったとき、慎平が昼酒を飲んで酔っ払って寝てしまったことがあった。途中からは目が覚めていたのだが、どうもいま起きてはマズいような雰囲気を感じて、たぬき寝入りをしたまま聞き耳を立てていた。

あのとき息子は、相続の話題をもちだしていた。実家のこの土地建物は、相続したところで自分たちは住まないし、かといって利便性が高いとはいえないこの立地では、売りに出してもいまどき買い手がつくとは思えない。お母さんたちはどう考えてるのさ。

確かそんな会話だった。働きに働いてようやく買い求めたこのマイホームを、まるで全否定するような言い草だった。話の途中で、起きて怒鳴りつけてやろうかと考えたが、せっかくの団らんをぶち壊しにするのも嫌だったから、目を閉じたまま辛抱したのである。

思い返していたら、だんだん腹が立ってきた。

隆かもしれないな、犯人。そこまで考えたところで、われに返った。おれはいま何について考えてたんだっけ？　犯人……いったい何の犯人だ？

そうだ、写真に「遺影用」と書いたのが誰だったのか、その犯人を捜していたのだ。

犯人は、女房か、娘のあずさか、はたまた息子の隆か――。ただ、ここで自分が推理してみたところで、誰が書いたのか確認しようもない。結局のところ、たんなる思い込みに過ぎないという話になる。例えば女房だと確信したとして、自白させようとしたところで、彼女がしらを切ればそれ以上はどうしようもない問題ではある。

忘れよう。縁起でもないことが写真に書かれていた、その事実を忘れてしまえばいいのだ。もの忘れなど日常茶飯事だ。酒を飲み過ぎて記憶が飛ぶことも多く、酒を控えるようにと祥子からも散々いわれている。どうせお前は毎日毎日、大小いろんな事柄を忘れているじゃないか。

アルバムを閉じて、置いてあった本棚の端っこに戻した。テレビでもつけようかと思ったが、とてもそんな気分ではない。平日の昼間なんて、どうせ見たい番組もないし、BSにいたっては通販番組以外を探すほうがむずかしいほどだ。

さて、何をしようか。そう思っても、何も思いつかない。何かで、年寄りにとって一番おそろしいのは退屈だというセリフがあったが、本当だ。たまにのんびり散歩していれば近所の人から徘徊を疑われるし、下校中の小学生を見ていれば不審者扱いされるしで、男の年寄りは本当に不利なことばかりである。

それにくらべ、女たちは老後を楽しむ術を知っているように見える。ランチで集まったり、新しい趣味を見つけたり、その趣味の仲間と旅行へ行ったりと、本当に忙しそうで退屈とはほど遠い。女やもめに花が咲く、男やもめにウジがわくとはよくいったものだ。

慎平も友人たちと集まる機会がないではない。ただそれはせいぜい年一回程度のものだし、だいいち酒も飲まずに一緒に昼飯を食べる気になど、とてもなれない。間が持たないのだ。

何か新しい趣味でも探してみるか、とあらためて考えた。車を運転するのは好きだから、たまにはぶらりとドライブしてみるのもいいかもしれない。幸い、免許を返納しなければならないほど認知機能も衰えていないし、反射神経だって、同じ年代に比べればまだマシなほうだろう。

ドライブにでも出かけるか。自然の多い場所のほうが気持ちがいいから、山のほうにでも出かけて、でかいダムでも眺めて爽快な気分に……と、そこまで思考が向いたところで、ダム、水神、写真と連想がつながってしまい、また「遺影用」がよみがえってきて、自分にうんざりした。

＊

祥子が帰宅したのは、午後四時すぎのことだった。慎平のなかのモヤモヤは、いったん収まっては、またぶり返すという状態がつづいていたが、帰宅してすぐに問いただすのもためらわれた。

電気炊飯器のふたを開けて祥子がこちらを見た。

「あら、ご飯、炊いておいてくれなかったんですか？」

慌ただしく部屋着に着替えて、前掛けをしながら祥子が言った。まるで難詰(なんきつ)するようなその口調にかちんときて、思わず言い返す。

「そんなこと、頼まれた覚えはない」

「いいえ、ちゃんと言いましたよ。お昼ご飯を食べてお釜が空になったら、炊飯器を仕かけておいてくださいって。新聞読んでて生返事だったから、もしかしたら耳に入ってないかなとは思ったけど」

「聞いてない」

むすっとして告げると、彼女は無視して炊飯器の内釜をもって、米びつが置いてある廊下に消えた。台所へ戻ってくると手早く米を研ぎながら、独り言のように言った。

「きっと心ここに在らずだったんでしょう。もういいですから」

「いや、よくない」

まるで相手にされておらず、役立たずと宣告されたみたいで、むしょうに腹が立ってきた。昼間のアルバムの一件がよみがえり、怒りがめらめらと燃えあがってきた。なるべく冷静に聞こえるように妻に告げる。

「話がある」

「夕食の用意で忙しいから、あとにしてください」

「いや、だめだ。非常に重要な話なんだ」

彼女はちらと視線をあげたものの、手を休めようとはしなかった。おれの遺影の話は、夕めしの準備よりも軽いというのか。

「しょうがない。それじゃ話してください、手を動かしながら聞きますから」

「アルバムの話だ」

米を研いでいた手が止まり、こっちをじっと見る。ほらみろ、悪事がばれたと知って固まってるな。

「アルバムって、何のことですか」

「アルバムを取り出そうとしたら、写真が落ちてきたんだ」

「ああ、アルバムって、写真を貼るアルバムのこと」

しらを切って逃げるつもりか。上等じゃないか。

「もちろんそのアルバムに決まってる。他にアルバムがあるのか」

「ステレオの横に何枚かある、あなたの大きなレコード、あれアルバムっていいませんでしたか」

くぬぅー……確かにあれもアルバムではあるが、文脈からわかるだろう。いや、文脈も何も、一言目がアルバムだったか。

「そのアルバムが、どうかしたんですか」

彼女の手がふたたび動き出した。炊飯器にセットしてスイッチを押したかと思うと、立てかけてあったまな板をシンク脇に置き、野菜を刻みはじめる。トントントンとリズミカルな音が台所に響く。しかし、食事の支度ついでに適当に聞いているという感じが不愉快だ。

「アルバムにあったおれの写真に、遺影用ってメモしたのは、お前だな」

まるで難事件解決を前にした刑事さながらに、クールな口調を意識して言った。知らぬ存ぜぬを通すつもりなのか、彼女はまな板に視線を落としたままだった。

「イエイヨウって、どういう意味ですか」

まったく思いあたるふしがないとでもいうように、イエイヨウ、イエイヨウ、とつぶやいている。イントネーションがだんだんおかしくなってきて、しまいには「イエ〜イ！　ヨ〜！」のかけ声に聞こえた。お前はラッパーか！　そんなことを考えていたら、さらに頭に血がのぼってきた。

それにしても、じつに図々しいやつだ。ここまで面の皮が厚い女だと、いまのいままで気づかなかったことが情けない。

「遺影は遺影だ。葬式に飾る、あの遺影写真のことだよ」

一瞬だけ顔をあげて、口を（あぁ）というかたちに作ると、すぐに手元に視線を戻した。鍋をとりだして水を入れ、そこに何かを投入する。同時に、フライパンをコンロにかけて刻んだ野菜を炒めはじめると、こうばしい香りがたちはじめる。

「おい、聞いてるのか」

「ハイハイ、聞いてますよ」

ハイを二回言うな、腹が立つ。

「ことは、おれの生き死にに関わることなんだ」

「またそんな大げさなことを。それに生き死にというより、遺影なんだから死んだ後のことでしょ」

「死んだ後……そんな縁起でもないことを、よく言えるな」

彼女はちらっと視線をよこして言った。

「昨今大流行の終活。あれって、自分が死んだ後のことを事前に考えるということじゃないの？　たくさんの人が、その縁起でもないことを、まじめに考えてるわけでしょう。自分の死について考えることなんて、もう全然タブーじゃなくなってるんだから」

ぐっと言葉に詰まった。何年か前にブームになった頃、確かに自分もそんなことを女房と話した憶えがある。

「だって、考えてもみて。日本の女の平均寿命は確か八十八歳、男は八十一歳ぐらい。わたしはいま六十五歳で、あなたは六十八歳。仮に、お互い平均まで生きたとして、私の残りは二十三年あるのに比べて、あなたの残りは十三年っていう計算になる。どう考えたって、あなたのほうが先でしょう」

まるで算数の計算問題のように冷静に言われるのが、なおのことしゃくに障る。しかも手先は器用に動かしながら、よくも計算したり会話したりできるものだと、ある意味感心する。一度に一つのことしかできない自分には、とても真似できない。

考えたこともなかったが、自分の余命が残り十三年。短いのか長いのか、自分でもよくわからない。だが、いまはそんなことはいい。

「おれが先とはどういうことだ」

「だから、遺影が必要になるまでの年数のこと」

「なっ、なんだと!?　そんなこと誰が決めた」

「誰も決めてません。あくまで、可能性と確率の話をしているだけじゃないですか」

フライパンの火を止め、今度は鍋に木べらを入れてかき回すように煮込んでいく。さっきからピーピーと何かが鳴っているが、気にも留めようとしない。

「なぜ、そんなに頭に血をのぼらせてるのか、わたしにはさっぱりわかりませんね。だって人間、永遠に生きられるわけじゃないでしょうに」

「何を今さら、そんなあたり前のことを」

「前に、テレビでどこかの科学者が言ってましたよ。有史以来、死ななかった人間が存在したという科学的な証拠は、現在まで一度も報告されていないって」

「いったいお前はなんの話をしてるんだ。そんな〈そもそも論〉に何の意味があるってんだ」

こちらを見た彼女の目が、（あー、うっとうしい）と雄弁に語っている。

「だから、誰でも死ぬんだから、それをことさらタブーにしちゃいけないっていうお話ですよ」

激しく言い返したいのだが、何をどう言い返せばいいのかが、わからない。興奮すると慎平は、いつもこんな風になってしまうのだ。

「いいじゃないですか、遺影用と書いてあったって。それだけ良く写っていると解釈すればいいだけのことなんですから」

これではいつまでたっても埒が明かない。ずばり切り込むしかない。

「犯人は、やっぱりお前なんだな」

一瞬、木べらを回していた手が止まった。こちらを見る。

「犯人？」

「ああそうだ、アルバムにあったおれの写真の裏に、「遺影用」と書いた犯人はお前だと言ってるんだ」

「またそんな大げさなことを……犯人なんて嫌な言い方、やめてください」

次は証拠を見せてやる。慎平は本棚からアルバムを持ってきて、くだんの写真を、絶賛調理中の妻に突きつけてやった。

「ほら、これ。これが証拠だ」

「祥子はわたしの名前ですよ」

ふん、今度はダジャレときたか。まったくよく口のまわる女だ。

「犯人だの証拠だの、そんなに大ごとにして騒ぐほどのことですか。刑事ドラマの見すぎなんですよ。それ、ちょっと近くで見せてもらえる？」

やっと犯行を認める気になったか。アイランドキッチンを回り込んで、横に並んで写真を置いた。すると彼女は、木べらを鍋に置いてからこう言った。

「そんなに嫌だったら、こうすればいいでしょ」

彼女は突然、写真の裏にペンで、もう一つ「遺影用」と書いた。慎平と祥子の後ろ側、二ヵ所に「遺影用」の文字が二つ並んだ。

「はい、これで写真はどちらかに限定した遺影用じゃなくなった。よかったね」

勝ち誇ったような顔でつづける。

「万一わたしが先に死んだときは、これを使ってください。この写真、気に入ってるから」

意表をつかれすぎて、何をどう言い返せばいいのかわからなかった。おれがほぼ一日悩んでいたことは、こういうことなのか？　呆然としていると、彼女は驚くべきことを告げた。

「念のために言っておきますけど、これを書いたのはわたしじゃありません。あなたの言い方のまねをすれば、わたしは犯人じゃありません。無実です」

「なんだって？　でも、それじゃ犯人は……」

「わたしだという証拠でもあるんですか？」

「この文字、お前のじゃないのか？」

祥子はメモをしばし見つめた。

「こんな気持ち悪い字は書かないし、書けませんから。もうこの話は、おしまい！」

ぴしゃりとそう宣言すると、彼女は調理を再開した。彼女の話がもし本当なら、いったい誰が――。しかし、ここまで断固として否定するからには、きっと書いたのは彼女じゃないのだろう。これ以上蒸し返しても仕方ない。そうは思ったものの、悔しさとも宙ぶらりんともつかない感情が胸に渦巻いていた。腹立ち紛れに突っかかる。

「おい、おれの老眼鏡知らないか。もしかして、どこかに片づけたまま忘れたりしてるんじゃないか」

一矢報いたような気持ちで、少しだけすっきりした。すると彼女は自分の人さし指を、慎平の頭に向けた。

「なんだ、おれがどうした」

彼女が黙ったまま指さしているので、薄くなった頭部に手をやると何かに触れた。メガネが頭にのっていた。

「あっ……」

小バカにしたように鼻で笑うと、彼女は料理をはじめた。くそー、そのうちに必ずギャフンと言わしてやる。この謎を解明しないことには寝ざめが悪い。慎平の気持ちはすっかり凝り固まってしまっていた。

捜査の常道は、地道に一つひとつ当たっていくこと。靴底をすり減らすほど、事件解決に近づく。昔テレビで見た『七人の刑事』に、そんなセリフがあった気がする。

次なる容疑者の一人、娘のあずさに聞き込みに行こうと決めた。歩くと遠いから車にしよう。事前に電話しようか迷ったが、自分から直接電話をかけたことなど、これまでに一度もなかった。そんなことをすれば、その時点で相手を必要以上に警戒させてしまう恐れがあった。幸い娘一家の住まいまでは、車で十分ほどの距離である。だからしょっちゅう女房に会いにくるのだが。手みやげぐらい買っていこうかとも考えたが、かえってわざとらしいし余計に怪しまれるにちがいないと思い、やめた。いざ出陣だ。

＊

インターホンを押すと、どちらさま？　と返答があった。あずさの声だ。「おれだ」と告げると特殊詐欺にまちがわれそうだったから、フルネームで名のった。

十秒近い沈黙が流れた。

「本当に、お父さん？」

「そうだ」

「……どうしたの、何かあった？　あ、お母さんと大げんかして家を追い出されたとか」

当たらずとも遠からずだったが、いまの目的はまず家に入ることだった。

「ちがう、いいから中へ入れてくれ、寒い」

ややあってドアがガチャリと開いた。まだ何か疑っているのか、ドアチェーンがかかったままだった。おれは押し売りか。やっと気づいて外すと、リビングへ通された。

この部屋のなかを初めて見たような気がした。思い返してみれば、最後にこの家にきたのは十年前ぐらいかもしれなかった。

「今日この時間、たまたますごい偶然でいたけど、私が家にいることなんてめったにないんだから、こんな急に来られても困るよ」

「悪かった、どうしても直接会って確かめたいことがあってな。ああ、長居はしないからなんもいらないぞ、お母さんが帰ってきて夕飯準備してるし」

ポカンとした顔だった。(まさか食べていくつもりだったんじゃ……)という心の声が聞こえてきそうだ。何か飲むかと聞かれたが、本当にすぐ帰るからいいと答えた。

彼女はソファを促し、自分も掛けた。

「それで、確かめたいことって。うちに突然くるほど大事なこと?」

うほん、とひとつ咳払いしてから努めて冷静に話しはじめる。

「おれは今日ひとりで家にいたんだが、お母さんがサークル仲間とランチだとかいって出かけたからな、それで本でも読もうかと思って、でも最近はほんの少し読んだだけで目が苦しくなってきていけないから、そうしたら本棚に入っていたアルバムが偶然目に入ってな、それで時間もあり余ってたから、そのアルバムを……」

「悪いんだけど」

話をさえぎられた。

「あと十五分ぐらいで出ないとダメなの、直斗（なおと）を迎えにいかなくちゃいけないから。手短に用件だけお願い」

「ああ、すまん。それじゃさっそく本題だが、そのアルバムにおれと母さんが二人で写ってる写真があったんだ。どこかのダムまでドライブしたときに撮ったものらしいんだが……」

と、ここまで話してから、写真に遺影用と書いたのはお前か？　と突然犯人扱いすることは失礼なことじゃないのか、という考えが頭をもたげてきた。娘はリビングボードの上の置き時計に目をやった。イライラしはじめているのが手にとるように伝わる。

「それで、その写真がどうかしたの」

「その……どこで撮ったのか、お前知らないか」

心にもない、その場しのぎの質問をしてしまう。女房にはあれだけ強気に出られるくせに、大人になった娘には、どうしてこうも気弱になってしまうのか。

「わざわざそんなことを聞くために、家まできたの？」

すっかり呆れている。無理もない、自分も逆の立場だったらそう思う。気後れする気持ちをふるい立たせて聞くことにした。

「もし違ってたらすまないが、じつはその写真の裏に遺影用とメモが書いてあったんだが、あずさ、お前知らないか」

彼女は、コーヒーと思って飲んだら麦茶だった、というような顔つきだ。

「イエーヨーって、なに？」

やはり親子だなと、妙なところで得心した。「イエ～イ！　ヨ～！」の次は「イエーヨー」ときたか……。

「葬式のときに祭壇にかざる写真、遺影のことだ。遺影に使うってことで、遺影用」

「ああ、その遺影用。それで、その写真にそう書かれてたから、もしかして私じゃないかって疑ったわけ？」

「疑ったというか何というか、いや、たんなる可能性として……」

「どうしても確かめたかったことって、それなの？」

慎平がうなずくと、彼女はソファから立ち上がって告げた。

「本当に用件がそれだけなら帰ってもらえる？　私も忙しいから、お父さんにこれ以上つき合ってるヒマはないの」

両手でしっしっと追い出すようなしぐさをする。慎平は慌てて立ちあがった。

「あー、怒ったんなら謝るよ。そういう意味じゃなくてな」

「別に怒ってないし、書いたのは私じゃないよ。いまも言ったように、私にはそんなことをしてるようなヒマなんてないから。いまはただ、本当に急いでるだけ」

嘘をついているようには見えなかった。娘も犯人じゃないのか。玄関に向かい、上がりがまちに腰かけて靴をはいていると、娘が背中に向かって言った。

「お母さんのこと、真っ先に疑ったんでしょ」

何も言えなかった。

「お父さん？」

びくびくしていたが、予想外にやさしい声音だった。

「私のことは疑ったって構わないよ。けど、お母さんだけは疑わないであげて」

背中を向けて無言のままうなずいた。なんだか顔が見られなくて、そのまま片手をあげて言葉の代わりにして外へ出た。どこか、うら悲しい心持ちだった。

家へ戻る途中、コンビニの駐車場に車を停めた。正直なところ、すっかりやる気は失せていた。家を出たときの、無意味に高揚した気分は完全にしおれていた。それでも、妻と娘を容疑者にしておいて、息子にだけ何もしないのも不公平な気がして、電話で聞いてみることにした。すぐに答えは出るはずだ。

電話はつながらず、「メッセージをどうぞ」という応答があった。スマホを助手席に置いて、目を閉じた。本音をいえば、すっかり投げやりな気分になっていた。遺影用の件は確かに気になる。だが同時に、もうどうでもいいという気がしていた。

*

自宅の駐車場にそっと車を停めて、少し家から離れた所で祥子にメールした。急で悪いが今日は外で夕飯を食べたい気分だから、すまないが、ひとりで食べててくれないか。

午後の五時半過ぎだった。家の中には入らず、そのまま駅へ向かった。地下鉄で仙台駅まで行くと、足は自然と駅前裏通りにある吞んべえ小路に向かっていた。会社に勤めていた頃、たまに寄った居酒屋のカウンターに座った。退職してから十年近くたっていたが、大将は憶えていて、たいそうよろこんでくれた。

男が二人、入ってきた。どちらも若かったので少しばかり驚いた。慎平が会社員時代に通っていた頃のこの店は、四十代から七十代が客の中心だった。

しかし改めて店内を見渡してみると、ずいぶん客層は若返っていた。

「若い客が多くて繁盛してるね」

大将は瓶ビールの栓を開けて、テーブル席の若者たちの前に置いてから向き直った。

「なんでも少し前、せんべろって言葉が若い人たちの間で流行ったみたいでね。東京の下町には千円でベロンベロンに酔っ払える安い店がたくさんある、って意味らしくて。うちはさすがに千円じゃ難しいけど、千五百円ぐらいなら、そこそこ酔えるってことみたいで」

「千円でベロンベロンね。おれも弱くなってるから、いけるかもしれないなあ」

「いや、年なんだから加減して飲んでくださいよ」

カウンターの中へ入ったとたん、また客が一人入ってきた。カウンターの、慎平から一つ空けた右隣に腰をおろす。注文内容を聞くともなしに聞きながら、若いのにひとり酒とは大したもんだと妙なところで感心した。

慎平は生ガキなどの酒の肴になりそうないくつかの魚介と、海の物に合う塩釜の地酒を注文した。ふだん日本酒は眠くなるから家ではあまり飲まないが、居酒屋に入るとつい飲みたくなる。

久しぶりのひとり酒もいいもんだと思いつつ、次々と出てくる新鮮な肴についつい酒も進んでしまう。右隣の青年の前にも、慎平と同じ地酒が置かれた。なんだかうれしくなって、話しかけてみた。

「ずいぶん若そうだけど、スーツ姿ということは働いてるの」

彼は、はい、と短く答えた。

「どんな仕事？」

「機械関係の営業です」

「ああそう、おれも現役時代は営業やってたの。営業は大変な仕事だけど、嫌になったからってすぐ会社辞めたりしちゃダメだよ。石の上にも三年って言葉があるし、仕事は最低でも十年やってみなくちゃ向いてるかどうかわからないから。機械関係といったけど、どんな種類の機械なの」

仕事絡みの話をするのが久しぶりで、楽しすぎて、どんどん質問してしまう。途中から彼の答えは、どんどん短くなっていたのだが、酔ってすっかり調子にのった慎平は気づかない。しまいには、出身はどこか、彼女はいるのか、趣味は……と根掘り葉掘り聞いていると、彼は不意に立ち上がり、大将に向かって「お勘定お願いします」と告げた。

唐突だったので驚いて眺めていると、青年は軽く会釈して店を出て行った。まだ中身が半分ほど残っている肴の皿が二、三枚あった。ふと大将を見ると、顔をしかめてこっちを見ている。

カウンター越しに顔を近づけると、他の席には聞こえないぐらいの声で言った。

「念のため忠告しておくと、ひとり酒を好む人ってのには二種類いるんです。人としゃべるのが本当にうっとうしいと思ってる人と、きっかけがあれば誰かとしゃべっても構わないって人と。だから知らない人に話しかけるときは、ちゃんと相手を見てからにしないと」

「大将は、わかるの」

「そりゃ、この商売長いですから」

「いまの若い人は、しゃべりたくないタイプだった？」

「会社帰りでしょうから、たぶん仕事絡みの話は、したくも聞きたくもなかったんじゃないのかな」

落ち込んだ。現役で飲み歩いていた頃は仕事柄、気遣いもできたほうだったと思うが、あまりにブランクが長くなって、すっかり勘が鈍ってしまった。そう宣告されたようでショックだった。

すっかりしょげ返ってしまい、酒を飲む気力も失せてしまった。勘定を終えて外へ出ると、賑やかなネオンが街を彩っていた。だが、いまの慎平にとっては、ただただ毒々しいだけで、どこか空々しい感じがした。そうか、自分は会社と仕事のみならず、あんなに通った夜の盛り場でも、すでに現役から退いた人になってしまったのか。

ふと、遺影写真の件が頭をよぎった。あとは死ぬのを待つばかり、か――。どっぷりと沈んだ心を抱えたまま、ふらつく足どりでタクシー乗り場へと向かった。

＊

翌日、珍しく出かける予定がないという祥子と朝食をとっていた。朝方、うつらうつらしていたとき、ある記憶が唐突によみがえり、ひどい自己嫌悪に陥っていた。遺影写真の話を、いつ持ち出すべきか迷っていた。

どこか気まずく澱（よど）んだ空気のなか、粛々と朝食をすませた。そして、まずは今朝やるべきことを済ませておこうと考え、慎平は息子の携帯に電話をかけた。

「隆か？　出勤前の忙しいときにすまない」

「ああ……もしかして遺影写真の話？」

言葉に詰まった。どうして知っているのか。

「姉貴からメールがあったんだ、昨日の夜。父さんが、遺影用写真の犯人捜しに躍起になってるみたいって。よほどヒマもて余してるのかなって、逆に心配してたよ」

「……そうか」

「まだ犯人捜してるなら、書いたのはおれだから」

予想外の告白に、思わず息をのんだ。

「そういうことでよろしく。出なきゃいけないから、もう切るよ」

「ちょ、ちょっと待て。お前が書いたって、ほんとか?」

電話の向こうで数秒の間が空いた。

「おれが懐かしいアルバムを見てた、そうしたら両親の写りの良い写真を見つけた、で、あまり深く考えないでメモを書いた。それでいいじゃないか」

電話を切る直前、息子は付け足すように言った。

「母さんに、あまり迷惑かけないでくれよ」

こっちの返事も待たずに電話は切れた。かすかに、さげすみに似た調子が声に含まれている気配があった。スマートフォンをしばし見つめ、それから祥子のほうを見た。

会話に気づかないふりをしていたが、内容が気になるのか、自分の部屋へは戻らず居間のソファで洗濯物をたたんでいた。

横のソファに腰を下ろして電話の内容を伝える。

「メモを書いたのは自分だと、隆が言ってた」

「へえ、そうなんですか?」

意外そうな表情のわりには、声に驚きは感じられない。

「でもあれは、あれだな、嘘の自白だ。子どもたちまで巻き込んだ面倒ごとになってるから、自分が犯人だと名乗ればこの騒動も収束して、さすがに親父も諦めるだろうと考えて、濡れ衣を着ることにしたんだと思う」

彼女はていねいに洗濯物をたたみながら、気のない調子で言った。

「だったら、それでいいじゃないですか。子どもたちもいろいろ忙しいんですから、これ以上手をわずらわせるのは申し訳ないし」

「犯人がわかったんだ」

今度は祥子もさすがに、呆れたという表情になった。これだけ言っても、まだ続ける気？と。

「すまなかった」

テーブルに両手をついて、慎平は頭を下げた。

「犯人は、たぶん、おれだ」

「えっ、どういうこと？　わたしたちを、かついでたっていうの」

「いや、そうじゃない。あの写真を見て遺影用の文字を見つけたときは、本当に誰がこんなことをしたのかと腹が立った。そこには嘘はないし、かつぐつもりもなかった」

昨夜酔っ払って家に帰ってきて、ぐっすり寝ることはできた。いつものことだが朝方からは、布団の中でうつらうつらしている状態だった。そして昨日のことを考えていたとき、なぜか突然、あのときのことを思い出した。

あのとき、というのは、写真にメモを書いたときのことだと、包み隠さず白状した。

数年前、祥子が友だちと温泉旅行に出かけた晩、ひとりで酒を飲んでいた。すると家族の思い出が、脳裏に浮かんでは消えた。娘が生まれたときのこと、息子が生まれたときのこと、小さい頃あちこち遊びに連れていったこと、めったになかったが家族旅行に出かけたことなどが、次々に思い出されてきた。おれも年をとったなと考えながらも、なぜか気分のいい酒だった。

そのうち、わが家の歴史、そして自分の人生を一気通貫で振り返ってみたい衝動にかられた。本棚からすべてのアルバムを取り出して、最初の一冊目から目を通していった。すると、記憶がどんどん鮮明によみがえってきた。

そして、あのダム湖畔での写真に目が止まった。自分も祥子も、よく写っていた。いい年のとり方してるな、そんな気がした。するとそのとき、祥子に対する感謝の気持ちが不意にあふれてきた。

けっして一筋縄でいくような、安泰な仕事人生ではなかった。でも、つらいときも苦しいときも、何十年もの間支えてくれた妻の存在が、しみじみとありがたかった。年のせいもあって、すっかり涙もろくなっていて涙がこぼれ落ちた。酒もだいぶん飲んでいたが、この感謝の念を忘れないように、ぜひ何かのかたちで残しておきたいと思った。

唐突に、ある考えが頭に浮かんだ。そうだ、自分が先に死ねばいいんだ。そうすればその後、さんざん苦労をかけてきた祥子も、残りの人生をもっと愉しめるかもしれない。よし、そうしよう。さほど信心深くもないくせに、神さま、どうか妻より自分が先に死にますようにと、両手を合わせて祈った。

そして、すっかり酔った挙句、写真の裏に「遺影用」と書き付けた――。

「それ、本当なの？　あなた、そこまで酒乱だった？」

「いや、酒で乱れてはないんだ。記憶が飛んだだけで」

「いくらなんでも、いろいろ忘れすぎです！」

「近頃は、さらにもの忘れが、なあ……」

慎平は眉毛をこりこりかいてから、床に座って頭を下げた。少ししてから祥子はぷっと噴き出して、こんなことを言った。

「今度、あの写真のダムまでまたドライブに行きましょうか」

「え、どこの場所か憶えてるのか？」

「もちろんです。あなたじゃあるまいし、わたしはまだボケてませんから」

祥子は仙台市郊外にあるダム湖の名前を告げた。うっすらとだが記憶がよみがえってくる。

「そして、また同じ場所で写真を撮るの」

まじまじと顔を見た。すると、笑いをこらえて彼女がつづけた。

「最新の、二人のイエイ！　ヨー！　写真を」

居間に笑い声が響いた。

ミステリー　誰が犯人？　おれだった

まちの小さな本屋

福禄初子　80歳

年とれば　町の本屋が　ありがたい

＊

「あの、ちょっとだけ、休ませてもらえないでしょうか？」

文樹（ふみき）は声のほうを見た。半開きになった入り口ドアから、老婦人が顔をのぞかせている。

「あ、どうぞ」

彼女は申し訳なさそうに、ぺこりと頭を下げると店に入ってきた。レジの後ろにあったパイプ椅子を横へ置くと、彼女は片足を引きずるようにして腰をおろした。ふうっと息を吐くと、また頭を下げて言い訳するように言う。

「買い物に出てきて、その帰り道なんですけど、途中からひざがどんどん痛くなってきて。どうにも家まで歩けそうになくって、どうしようかしらと途方に暮れてたら、ちょうどこちらのお店の前だったので、つい……」

「そういうことなら、気にしないで休んでいってください。ひざ、悪いんですか」

「ええ。ひざの皿の脇に水が溜まることはあるけど、痛みが出るのは珍しいのに」

文樹はいったん奥へ行き、小さなペットボトルを持ってきた。

「よければ、これ、飲んでください」

断る彼女に、口を切って差し出す。

「もう開けたんで、飲んでもらわないと困ります」

何度も頭を下げながら、それでもごくごくと飲んだ。のどが渇いていたらしい。やっと人心地がついたのか、店内をきょろきょろ見回すようすを見ながら、うちの店にきたことあったかなと文樹は考えた。

「お住まいは、ご近所ですか?」

「はい、小松島四丁目です」

あれこれ話しているうちに客が入ってきた。常連の七十代の男性で、だいたいいつも同じ週刊誌とスポーツ新聞を買っていく。今日は文庫の棚で立ち読みをはじめた。今度は学校帰りらしき女子中学生二人が入ってきて、マンガの棚を見はじめた。すると、さらに女性が一人、そして小学生の三人組までやってきた。

狭い店内の細い通路が、あっという間に客で埋め尽くされてしまった。すみに座っている彼女は、次から次へと来店する客を驚いたように眺めている。

この人のおかげだな、と文樹は思った。客商売をするようになってわかったが、こういう人はいるものだ。客を呼ぶ客というか、誰もいない店に最初に入ってくると、不思議に次から次へと客が入ってくる、そういう人だ。

それぞれ目当ての本や雑誌を買い求めると、潮が引くようにお客さんたちが帰っていき、最初と同じように店内は静かになった。冗談めかして文樹は言った。

「おかげさまで千客万来でした」

「ご商売繁盛で、よろしいですねえ」

「いやいや、そんな」

まちの本屋で繁盛してるところなんてありません、と言いかけて、やめた。言霊(ことだま)という言葉もある。口に出すと、それが現実になってしまうことは往々にしてある。今日はせっかく良い流れがきているのに、もったいない。

客は来るときは来るし、来ないときは来ない。あたり前だが、それが商売だ。店の側にできるのは、来た客に、また来たいと思ってもらえるようにすることぐらいである。

「あら、もうこんな時間。こんなに長居するつもりじゃなかったのに。なんだか居心地がいいから、つい。帰ります。ごめんなさいね、本当にありがとうございました」

彼女は立ち上がるときに、少しよろけた。買い物袋はさほど大きくないが、片手がふさがっていて転びそうになったとき大丈夫だろうか？　かといって店に車はないから、送ってあげるというわけにもいかない。

「あの、家までご一緒しましょうか」

いえいえ、と大げさに手を左右に振る。

「とてもそこまでは甘えられません。ひとりで帰れますから」

「じつは、ちょうどこれから配達が一件あって、ちょうど小松島四丁目のほうなんです。さあ、行きましょう」

すまなそうに、「それじゃお言葉に甘えて」と答えた。やはり少し不安だったのだろう。奥の狭い休憩室で休んでいる叔母の純子に声をかけ、注文された本を持って外へ出た。配達用バイクのスーパーカブのカゴに本を入れてふたをし、スイッチを回してギアをニュートラルに入れ、スタンドから降ろす。

並ぶようにして歩いた。配達先は、本当は小松島ではなく幸町なのだが、人助けのための嘘なら許されるだろう。世間話をする中で、福禄初子（ふくろくはつこ）さんという名前であること、一人暮らしをしていて八十歳だということがわかった。そして、気になっていたことを尋ねてみた。

「間違ってたらすみませんけど、さっき店へ急にお客さんがきたみたいに、もしかして初子さん、人を呼ぶ特殊能力なんかあったりします？」

冗談めかしてそう言うと、案に相違して初子さんは真顔で答えた。

「言われてみると、そういうところはあるかもしれない。若い頃から、そういう傾向があったかな」

彼女が店に入ったときは客がゼロだったのに、その後、別の客が入ってくるという例が昔から多かったという。ただし家族でやっている食堂とか、個人経営の手芸店とか、コロッケや惣菜を夫婦で売っている肉屋とか、小さな店がほとんどだったと話す。

「ひと頃は、自分でも不思議に思ったこともありましたよ。どうして私が店に入ると、次々にほかのお客さんがやってくるんだろう、って。自分なりに出た結論もあって」

楽しそうに、ふふっと笑ってつづける。

「私は行列とか、すごく待たされたりとか、そういうのが苦手なたちなの。いつも意外だって言われるんだけど、こう見えて案外せっかちだから」

お年寄りでせっかちというのは、ちょっと意外な感じがした。ただ、お年寄りだからといって、皆がみな鷹揚でおっとりした性格、というわけでもないはずだ。年のせいで動きは遅くなるだろうから外面的にそう見えるだけで、性格などの内面は若い頃とそう大きく変わらないものなのかもしれない。

「そんな性分だから、人がたくさん動くような時間帯とか場所とかは、なるべく避けるようにしてきました。例えば外でお昼を食べるなら、一時過ぎてから行くようにするとか、買い物でも平日の夕方とかは避けて、お昼の少し前とか、午後の早い時間とか」

彼女の推測によれば、自分と同じような行動原理で動く人は、数は少ないものの一定数いて、その人たちが動き出す少し前に自分は動いているのかもしれない。それで結果的に、自分が店に入ったとたん、続々と客がやってくるように見えるのではないか——。

「うーん、非常に説得力のある話ですね」

実際、初子さんの論理的な物事の考え方に感心していた。老いていくほど視野は狭くなるものだと何かで読んだが、八十歳で自分のことをここまで客観視できる人は、そう多くない気がする。少なくとも文樹の祖母とは、かなり違う。

雑談しながら十分ほどで家に着いた。初子さんは改めて向き直って、ていねいに何度も礼を述べて最後にこう言った。

「次はぜひ本を買いに行きますので」

「いやあ、そんな、気を使わないでくださいよ」

「そうじゃなくて、じつは私、子どもの頃から親に本の虫と言われるほどの本好きなの。紙とインクのあの匂い、大好きなんです」

自分と同じだ、と思う。サトー書店に来たことがなかったのは、毎月息子に頼んで本や雑誌を買ってきてもらっていたからだという。ただ、最近は息子も面倒がっているので、これをきっかけに店に足を運ぶことにする、と告げた。

「店でも言った通りひざが悪くて、それもあって近頃はなんだか億劫になって、外出は買い物などの必要最小限にしてたの。けど、お医者さまにも歩かないと筋肉が落ちて、ますます悪くなると言われて、自分でも歩かなくちゃと気にはしてたんです。必要な買い物だから仕方なく出かけるっていうだけじゃなくて、自分の楽しみのためにぜひ店に伺いますから」

胸に手をあてて、うれしそうに言う。

「なんだか考えるだけで楽しみ。お天気のいい日に、散歩がてら歩いていって、読みたい本を自分で選べる。帰りには喫茶店で、本のページを開いて……すごく贅沢なことに思えてきた」

「そういうことでしたら大歓迎です。お待ちしてます」

互いに笑顔で別れた。カブで配達先に向かう道すがら思った。前々から考えていた、小さな椅子とテーブルを店のすみに置くアイディアを形にしてみようか。大手の書店などがやっているサービスだが、まちの小さな本屋だからと諦めていた。

今日のことをきっかけに、初子さんや他のお年寄りがきたとき、ゆっくり本を選んでもらえるように座れる場所をつくりたいと、純子に相談してみよう。お茶うけなんかも用意したりしたら、もっと喜んでくれるかもな。そんなことを想像していると、自分のほうがその日を待ち望んでいるような気分になってきた。

*

文樹が営んでいるのは、仙台の街の外れにある、まちの小さな本屋だ。住民は地方都市の通例で高齢者も多いが、幸いにも小学校があるため、登下校の時間帯には子どもたちの姿が多いのが救いだ。

経営はけっして楽ではないが、文樹は独身だからさほど生活費がかからないことと、近隣の小中学校の課題図書や参考書などを扱っていることで、どうにかこうにか店を回している。子どもに人気のマンガの品揃えにも力を入れていて、自分自身が子どもの頃からマンガ好きだったこともあって、そこは自信がある。

文樹が、このサトー書店を経営することになったのは、叔母夫婦が長年やってきた店を閉めると聞いたからだ。純子の夫の智史（さとし）が体調を崩したという。文樹は三十歳手前で独り身の気軽さもあり、あまり深く考えずに手を挙げたのである。

最初に入った会社で組織になじめず、退職してからアルバイトを転々としていたのを見かねたのか、本音では店をやめたくなかった純子が、教えながら手伝ってくれることになったのだった。

店を運営する上で大切にしている、というか叔母夫婦が大切にしてきたのは、長年利用してくれている地元のお年寄りのお客さんたちだった。元気なうちは店に来てくれても、足腰が弱ってくれば、なかなかそうもいかなくなる。だからこそ若くて体力に自信のある文樹は、本や雑誌の電話注文と配達に力を入れている。

文樹が店に入って少しした頃、純子が常連さんと話しながら、自嘲気味に「本は生活必需品じゃないから」と口にしたことがあった。それを聞いていたおばあさんが「本が必需品という人もいるのよ」と、自分を指さした。

そのときの光景が、強く印象に残っている。うるうるしそうになったほどだ。自分もそうだった、と思い出した。小さい頃から本もマンガも大好きで、友だちはゲームに夢中なのに、本ばっかり読む変わったやつだと言われた。辛いときや苦しいとき、これまでどれだけ本に救われたか知れない。

本が好きな人のために、本が好きな人がやってる、本屋。気持ちは固まった。長年やめていた電話注文と本の配達を再開させたのは、文樹の強い要望だった。店に来られない人がいるなら、こっちから行ってやろう。

それから三年、純子の助けもあって、どうにかこうにかつづいている。物思いにふけっていると、こんにちは、と声がした。

笑顔の初子さんだった。あれ以来、約束した通りにお客さんとして来店してくれるようになった。世間話もそこそこに棚の巡回をはじめる。さすが、若い頃から本の虫と言われていただけのことはある。

二ヵ月に一回の年金支給日になると、初子さんはいそいそと足を運んでくれるのだ。もちろんそれ以外のときも来店してくれるが、基本はそうらしい。店の片隅には、小さな椅子とテーブルを置いた。友だちや知り合いに不要な物はないかと聞いて回り、安く仕入れた。

その椅子で時折休みながら、初子さんはじっくりと時間をかけて選んでいる。歴史とミステリーとエッセイが好きなのだそうだ。テーブルに数冊の本を置いて、初子さんが尋ねてくる。

「最近おすすめの本はない？」

「そうですねえ……そういえば、吉村昭のエッセイが新装版で出てましたよ」

「あら、私が好きだって言ったこと憶えててくれてたの。うれしい」

一冊だけあったその本を持っていくと、なるべく汚さないように指先で慎重にめくりながら、念入りに内容を確認する。年金暮らしだから、何冊も買えなくてごめんね。そんなことを言いながら、一回に三、四冊ほど買ってくれる。本当にありがたい。

在庫がない場合は取り寄せになるが、昔に比べればずいぶん短縮されたとはいえ、長ければ四、五日かかることもある。インターネットの買い物と比べたら、かなり悠長であるのは本屋も承知している。初子さんにそのことを話すと、ネットなんてわからないからと、こう言った。

「本を待っている時間も楽しいんだから。どんな内容なんだろうって、あれこれ想像してみたり、装丁が自分好みだといいなと思ったり」

待つ時間まで楽しめるなんて、さすが年季が入ってるなと文樹は感心させられた。

そんな初子さんが常連客たちと顔なじみになるのに、さほど時間はかからなかった。二十年以上も前からひいきにしてくれている治子(はるこ)さんが、読書テーブルで品定めしていた初子さんに声をかけたのがきっかけだった。そこへ、さらに葵(あおい)さんも加わり、文樹が気づいたときには、すっかり読書仲良し三人組になっていた。

今日も、まさにそうだった。店に他のお客さんがいないこともあり、年長者の初子さんを椅子に座らせて、両脇を治子さんと葵さんが囲み、最近読んだ本の感想などを語り合っている。思わず頬がゆるんでくるような、ほほえましい光景だ。

文樹が在庫整理をしながら聞くともなく聞いていると、年をとると暇を持て余して困るという共通の話題で盛り上がっていた。バックヤードは読書テーブルと壁ひとつ隔てているだけだから、丸聞こえなのである。

三人の中でご主人が存命なのは葵さんだけで、初子さんと治子さんは一人暮らしだ。初子さんがちょうど八十歳、治子さんと葵さんは七十代後半である。

「予定があることなんて、病院に通うことぐらいだもの。昔と違って、お盆やお正月だからといって、子どもたち家族が集まってくれるわけじゃないし」

「私だってそうですよ。週に一回、腰のリハビリで整骨院へ行く程度。あとは買い物で三、四日に一度外へ出かけるぐらいで」

「うちはお父さんがいますけど、だからといって夫婦で何かするわけじゃなし。お父さんはただ、ぼーっとテレビを見てるだけで、私は買い物以外はひたすら本を読んでるだけです」

文樹の中に、ひらめくものがあった。店へ出ていって三人に提案してみる。

「すみません、皆さんの話に聞き耳立ててました。で、ふと思ったんですけど、お三方とも本好きでたっぷり時間もあるんですから、読書会でもやってみたらどうでしょうか」

三人が顔を見合わせている。しばしの後、初子さんがつぶやく。

「そんなこと、考えたこともなかったわねえ」

「読書会なんて、なんだか難しそうだし、無理じゃないかと思うけど……」

治子さんがそう言うと、三人は揃ってうなずいた。

「そんなに難しく考えることないですよ。まだ未熟とはいえ、おれも本屋の仕事をしてるので、これまで何度か読書会に参加したことあるんです。最初のときはちょっと緊張しましたけど、読んできた本のことをああだこうだ雑談みたいに話し合うだけで、途中からはすごく楽しくなってきて。そのときは、会が終わって食事会になったんですが、そこでも酒を飲みながら、また本の話になったりして」

それまで戸惑いを見せていた三人が、やや前のめりになった。

「読書会の後に食事会なんて、楽しそうね」

初子さんがそう言うと、葵さんが復唱するようにつぶやいた。

「読書会、のち食事会……うーん、いいかもしれない。なんか面白そうじゃないですか」

「でしょ？　試しに一度やってみませんか。それで思ったほどじゃなかったとか、読書が窮屈になってしまうとか、あんまり楽しくなかったらやめればいいだけですよ。もちろん当店としては、やってもらうほうが本も売れるし、言うことなしなんですけど」

その軽口に、三人が笑った。場所の問題はあるが、とにかく一度お試しということで、サトー書店の定休日に場所を提供することにした。記念すべき読書会の第一回には、オブザーバーとして請われて文樹も参加することとなった。

やる前からもう、楽しみでしかたなかった。

*

店の定休日の火曜、開催時刻は午前十時になった。読書会ではあるが、予定はどちらかといえばその後の食事会優先で決まった感じだった。読書会の目安は一時間半として、そこから全員で近くの飲食店でランチとなった。文樹は、店休日なので自分は昼ビールしていいですかと聞くと、全員が「もちろん」と答えた。

記念すべき第一回読書会のお題、つまり課題図書は、初子さんおすすめの本に決定した。もし二回目がある場合は、担当者を決めて推薦する本を各自が読んでくる。みんなであれこれ語り合い、基本的に批判はなし、という最低限のルールだけ決めた。

最初は皆ようすをうかがうように、言葉少なだったものの、三十分を過ぎたあたりから話が熱を帯びてきた。文樹が感心したのは、初子さんが特に好きだという一節を、自分で読んで聞かせてくれたことだった。柔らかな口調なのに、どこか声には芯があり、聴いていて心地よい。なんだか子どもの頃に戻って子守唄を聴いているような、そんな気持ちよさだった。

そんなこんなで一時間半の予定が、気がついたときには、あっという間に二時間がすぎていて、みんな驚いた。


終了後、近所の店に移動して昼食をとることになった。こぢんまりした店で、文樹がときどき食べにいくことから店主と顔見知りでもあり、和定食も洋食ランチもあるので選びやすいだろうと推薦した。

文樹は和定食にしたが、他の三人が洋食のランチプレートを注文したのが意外だった。文樹は楽しみにしていたグラスビールを頼んだ。

「皆さん、とても初めてと思えないほど活発に発言してて、おれ、びっくりしましたよ」

「本当に。それに皆さん、目の付けどころが独特でとても参考になりました」

初子さんの言葉に、葵さんがつづけた。

「やっぱり初子さん、本の虫だというし、好きな本だけに読み方が深いなって、感心させられました」

「私だけ、なんだか発言が少なくて……ごめんなさい」

治子さんが申し訳なさそうに言うので、文樹はフォローする。

「全員がもっともっとしゃべりたいという人ばかりだと、逆に収拾がつかなくなりがちなんです。過去にそんな読書会を経験したことがあるので。でも治子さんは、発言と発言を上手くつなげて、まるで司会者みたいに上手にまとめてくれてたから助かりました。本当ならおれがやらなくちゃいけなかったのに、ありがとうございました」

食事がテーブルに届くと、それぞれが読書会への感想を述べ合いながらの、和気あいあいとした昼食になった。ビールでほろ酔いの文樹は、最高の気分だった。自分が提案した読書会で、こんなに楽しんでくれるとは思いもよらなかった。何より、お年寄りと話していると話題も豊富で、学びがたくさんあるのも収穫だった。

食後のコーヒーを飲んでいると、治子さんが穏やかなようすで言った。

「私、ぜひ次もやりたいと思います。皆さん、どうですか？」

「賛成！」

「もちろん。次も、その次も」

葵さん、初子さんも笑顔で答える。文樹もホッとした。

「よかったあ。一回で終わらせるのはもったいないって思ってたので」

三人が申し合わせたみたいに、胸の前で小さく手を叩いてよろこんでいる。

「おれは仕事があるので、毎回というわけにはいかないかもしれませんけど、出られそうなときは出席してもかまいませんか？」

「もちろん」

また三人の声が揃った。場所はとりあえず次回も休日のサトー書店になったが、葵さんがそのときまでに別の場所を探してみると言ってくれた。

こうして読書会は定期的に行われることになった。ささやかなこのイベントのきっかけをつくったのは自分だと思うと、どこか誇らしい気分だった。

*

ひょんなことが起きたのは、初の読書会から数ヵ月が過ぎた頃のことだった。

サトー書店は三ヵ月に一度、小学校の図書室に書籍を納めているのだが、そこから戻った叔母がこんなことを言った。

「図書館の司書の女の人と雑談するうちに、ふと初子さんたちの読書会のことを話題にしたの。そしたら面白そうですねって食いついてきて」

「え、なに、読書会に参加したいって話？　それなら大歓迎ですよ」

「いや、そうじゃなくて、逆。参加してくれませんかっていう話」

純子の説明は次のようなものだった。小学校ではずいぶん前から読み聞かせの会というのを、ボランティアの人たちがやってくれている。子どもたちもとても楽しみにしているのだが、数年前からいろいろな事情で一人欠け、二人欠けとつづき、人数が足りなくなってきたという。

保護者にも声がけはしているものの、こんな時代だから皆に時間がとれないと断られてしまい、人員の補充もままならない。以前は全学年の全クラスで、一斉に読み聞かせを行っていたが、昨年からは一回の読み聞かせを偶数学年、奇数学年と分けて行わざるを得ない状況だ。

「そんなわけだから、もしよかったらダメ元で、その読書会の方々に読み聞かせ会に参加していただけないか、打診だけでもしてほしいって頼まれたの。読書会を開くぐらいだから、本に精通した人たちでしょうからって」

「ああ、そういう話かぁ」

「だから次の読書会ででも、初子さんたちに相談してみてもらえないかなあ。私も立場が立場だから、そうしてもらえると助かるんだけど」

叔母が言う立場というのは、定期的に注文をいただける長い付き合いのお得意さん、という意味だろうと解釈した。ただ三人とも、年齢が年齢である。

「そういう話があったということは伝えてみるけど、治子さんと葵さんが七十代、上は初子さんの八十歳っていう会だからな。足腰の弱い人だっているしさ」

「司書の人は、話をするだけでもいいからって。無下に断るわけにもいかないからさあ、お願いね」

そう言い置くと彼女は、さっさとバックヤードに消えた。相手がそれほど困っているなら、話すぐらいはしてみるのもサービスの一環かもしれない——。

「……という相談をされたんですけど、皆さん、どう思いますか」

説明が終わったあと、全員が黙り込んだので、慌ててつけ加える。

「小学校がうちの店のお客さんだからって、そこのところは全然気にしないでもらっていいんで。この件を断られたから、うちで本を買ってくれなくなる、なんてことはないと思いますから」

互いをうかがうように顔を見合わせる。誰も口を開こうとしないので、振ってみた。

「初子さんはどう思います？　やっぱりお断りしたほうがいいですかね」

「私、やってみたいな」

意外だった。言葉のつづきを待った。

「私ね、うちの子どもたちがまだ小さかった頃、毎晩かならず絵本の読み聞かせをしていたの。しばらく本を読んでると、ふっと子どもが眠る瞬間がわかることがあって、あれがとても幸せな気分にさせてくれてねぇ」

「学校の読み聞かせでも、子どもたちが寝ちゃったりして」

茶化すと初子さんは、ふふっと笑った。

「そうなれば幸せ。やりたいと思った一番の理由は、子どもたちに会えるから。ほら、うちは孫たちも遠いし、最近はご町内でもめっきり子どもたちの姿を見なくなって、なんだか寂しいなって思ってた。だから、こちらから小学校へ出向いて、教室で子どもたちの顔を見ながらお話しできるなんて、私としてはすごくうれしいことだもの」

うなずいて治子さんも言う。

「私も子どもが好きだから、こんなおばあちゃんでも何かのお役に立てるのなら、やってみたいとは思います。でも私、あがり性だから子どもたちの前でうまく読める自信がないけど」

「それは、慣れれば大丈夫じゃないかと思うんですが……あの、葵さんはどうですか」

葵さんは首をひねって、少し考えてから答えた。

「さっきの話だと、朝いちなんですよね？　授業が始まる前の。時間はどれぐらいかかるものなのかしら」

「叔母の話だと、読み聞かせそのものは十五分ぐらいで終わるそうです。ただ、いつもその後、皆さんで感想を話し合ったり、世間話をしていくということのようです」

「それだと、なんのかんので小一時間はかかりますよね。私、毎朝孫を保育園まで車で送ってるんです。だから、ちょうど時間帯がかち合うんじゃないかと思って。読み聞かせそのものには、すごく興味があるんだけど」

治子さんも、予定は大丈夫だが、やっぱり子どもたちの前で上手に読める自信はないので辞退するという。文樹は話を引きとった。

「学校としては、読書会の人に全員で、ということじゃないと思いますから、まずは参加できる人だけでいいんじゃないでしょうか。それじゃ今回は、とりあえず初子さん一人ということで、学校に返事していいですか」

「それはそうと、年齢制限はないのかしら」

初子さんが心配そうに言う。

「大丈夫ですよ、この間の朗読は心地よかったですし。それにシニア世代と子どもって、すごく相性がいいですよね。小さい子たちは、おばあちゃんやおじいちゃんが好きだし」

自分の子どもの頃を思い出して、そんなことを言ってみる。

「自分の子どもより、お孫さんのほうがずっとかわいいって、皆さんも感じた経験、あるんじゃないですか？」

計ったように、また三人が同時にうなずいた。この人たち、ものの見事にシンクロしてるなあ。

＊

初子さんの初めての読み聞かせだというので、見学させてもらうことにした。まちの本屋として、学ぶことが多そうに思えたからだ。

本来、部外者はだめらしいが、今回は叔母からきた話を初子さんたちに橋渡ししたことから、特別に観覧を許された。事前の顔合わせで校長先生が言うには、おそらく八十歳の方の読み聞かせボランティアは初めてなのでは、とのことだった。

文樹が教室に入ると、担任の先生に紹介された初子さんが、おずおずと教壇に用意されていた椅子に腰かけた。紅潮した表情のまま、よろしくお願いします、と消え入りそうな声で彼女は言った。子どもたちの元気なあいさつが、そこにかぶさる。

今日の読み聞かせに彼女が選んだのは『てんぐめし』という絵本だった。今回は二年生の子たちなので、児童文学はまだ早いだろうとの判断である。

教室は、しんと静まり返っていた。子どもたちの背中からも緊張感のようなものが伝わってきた。初子さんの緊張が伝染したのかもしれない。そんなことを考えていると、なんだか文樹まで手のひらがじっとりと汗ばんでくる。お願いです、無事に終わってください！

「つきが　ない　よるだ。ちっこい　やきちは　ほいほい　なきたく　なった……」

出だしは、予想外にしっかりした声だった。冒頭から少しして、子どもたちは早くも物語に引きずり込まれたようで、前に身を乗り出している子もいた。読むスピードも速すぎず遅すぎず、子どもも大人も聴いていて心地よいリズムだ。

「めしだ！　くえっ！　……めしを　やまもりに　した　どんぶりが　ひょこたり　おりてくる……うわーい、いただきまーす！」

物語が中盤にさしかかる頃には、悪役の「ちょうじゃどん」へのブーイングの声まであがった。

「いろとりどりの　てんぐが　あらわれ、おおがまくらいの　どんぶりに　めしを　やまもりにして、『めしを　くわねば　かえさねえ！　めしを　くうまで　かえさねえ！』」

てんぐの登場に、子どもたちが息をのむようすが伝わってくる。試しに文樹は、目を閉じて耳を傾けてみた。頭の中で空想がふくらむ分、脳内映像は、より鮮明になる気がした。目をつむってみて、ひとつわかったことがあった。

初子さんは声質がいい、ということだ。読書会でも感じたことだが、柔らかい調子なのに、どこか声に芯があり、そのしゃべりに身を委ねていると、かすかな快感さえある。天使の歌声という言葉があるが、これ、天使の読み心地じゃないか。

ラストが近づいてきた。祈るような気持ちで、最後の言葉を待った。

「どんぶりに　やまもりの　ごはんを　むりやり　たべさせる　ふしぎな　おまつりが　のこって　いるそうな……」

最後の「おしまい」を聞いて、ホッと胸をなでおろした。気がつけば子どもたちと一緒に、文樹も拍手していた。初子さんは深々とおじぎすると、顔をあげて子どもたちを見渡した。はじまる前と同じように紅潮していたが、いまの表情は照れくささ、そして少しばかりの満足感のようにも見えた。

帰りがけに文樹は、初子さんを自分の店に誘った。ささやかなお祝いをしようと、叔母がコーヒーとお菓子を用意してくれていた。

「はー、ホッとしたわぁ」

初子さんがそう言うと、店番をしてくれていた叔母が言った。

「初めての読み聞かせは、どうでしたか。手応えありました？」

「楽しかった、すごく！　途中からは、緊張より楽しいのほうが大きくなってた感じ」

初子さんは間髪を容れずに答えた。知り合ってまだ日は浅いが、文樹の印象ではどちらかといえば控えめな人だと思っていた。

「子どもたちのあの、生き生きとした目がね、キラキラと輝いてて本当にかわいらしいの。笑うと前歯が生え替わりで抜けてる子もいて、それがまた愛くるしくってねぇ」

「おれ、驚きました。すごく堂々としてました。まるで、もう何年もやってる人みたいでした」

恥じらうような笑みが浮かんだ。

「すごく緊張したけど、でも前の晩に、こう考えるようにしたの。目の前にいるのは、私の娘と息子の小さかった頃だと思おう、って。そうしたら若い頃、毎晩していた読み聞かせを思い出してきて、だんだん肩の力も抜けてきて、いつの間にか自分まで物語に引き込まれて」

なるほど、と腑に落ちた。初子さん自身が本の登場人物たちに感情移入して、まるで脚本と一体化した役者みたいな感覚で語っていたのか。

「子どもたち、夢中になって聞き入ってましたね」

「読んだあとで思ったのは、私は自分の子どものつもりで読んでいたけど、教室のあの子たちはもしかしたら、自分のおばあちゃんに読んでもらってる感じだったのかもしれないって。そういう機会って、いま、あんまりないでしょう」

大きくうなずいて純子が言った。

「そう言われてみれば、お母さんやお父さんに読んでもらうことはあるかもだけど、おばあさんというのはないかもしれないですね」

「だって、私自身も孫たちに読んであげたことなんて、ないんじゃないかな。でもあの子たちが、よろこんでくれたのなら、うれしい」

初子さんはクッキーを頬張り、コーヒーを飲んだ。穏やかな笑みをうかべながら、外の通りに目をやる。その横顔は、満ち足りているように見える。

こんなふうにして初子さんは、読書会のほかに、学校での読み聞かせにも参加することになったのだった。


初子さんは、目に見えて生き生きしてきた。最初に店にきて、休ませてほしいと告げたときの弱々しげな姿は、もうどこにもなかった。八十歳なんて、いまの文樹からすれば永遠とも思えるほど遠い先の話だが、まさかあの年からでもこれほど変われるなんて驚きだった。

少子高齢化社会というのは、もう聞き飽きるほど聞かされている。そんな時代でも、初子さんのような人がいるという事実は、この地域にとっても明るい材料だな、と思う。

彼女はふだんは物静かな人だが、いざ何か新しいことをはじめようとするときは、いつも真っ先に手を挙げる。読書会のときも、読み聞かせのときも、そうだった。

以前、失礼かもしれませんけど、初子さんの中にはまるで別々の人がいるみたいだ、と伝えたことがある。すると彼女は、くすっと笑ってこう答えた。

「そう言われること、あるわね」

なんでもご主人が存命だった頃、何度かそう言われたことがあるそうだ。でもそのことを嫌がるでもなく、逆に、おかしそうなようすで語った。初子さんを衝き動かしているのは、たぶん好奇心なのだと改めて文樹は思った。小さい頃から本の虫だったことからも想像がつく。

本好きという人種は、自分も含めての話だが、一見おとなしそうに見られがちなのだ。体を動かしたり、しゃべったりしながら本は読めないから、読書をしているときは必然的にじっとしている。きっとその印象から、そう感じるのだろう。

でも、内面はまるで違うのである。まだ見ぬ誰かの人生に分け入って、一緒に行動し、考え、悩み、時に笑い、時には泣き、怒りに震えることさえある。自分ではない誰か、実在しない誰か、そんな登場人物たちとともに、ある世界と時間を生きる。最後のページを閉じるまでの、ほんの短い時間ではあっても、彼女ら彼らと一緒に人生を過ごすのだ。

そんな人が、好奇心の塊でない訳がない。だから興味を抱いた世界へ挑戦するのに、ためらわない。なぜなら、まだ見ぬ風景を見てみたいから。まだ見ぬ新しい自分と出会えるかもしれないから。だからこそ未知の世界に、おずおずと足を踏み出す――。

*

ある日、店に治子さんがやってきた。あいさつを交わしてから、店の棚を見て回りはじめた。店内には学校帰りらしき女子中学生が一人いて、さっきから文庫の棚の前で悩んでいる。治子さんはなぜか、その子のほうをちらちら眺めながら、時計回りにゆっくりと移動していく。雑誌や本を手にとるでもなく、何かを探している風でもないので、文樹は内心首をかしげた。文庫本を買って中学生が出ていくと、治子さんが近づいてきた。

「あの、折り入って文樹さんにお願いがあるんですけど」

「なんでしょうか」

「今度、読み聞かせの練習をすることになったんだけど、それに参加してもらえないかなと思って」

話はこうだった。少し前に初子さんと葵さんとお茶を飲んだときのこと。小学校での読み聞かせは、ぜひやってみたいのだけど、子どもたちの前で読むことに自信がない。二人にそう告げたところ、それならまず私たちの前で練習してみたらどうかという話になった。

ただ、それだけだといつもの顔ぶれだから、文樹さんを小学生に見立てて、やってみるといいかもしれない、と葵が提案した。自分のことなんだから、治子さんが店へ行って依頼してきてね、そう言われたのだという。

「おれが、小学生？」

「ほら、あなたって童顔じゃない？　それに私たちの知り合いの中で一番若い人って、あなたなんだもの。もちろん休みの火曜日に合わせるし、小一時間もあれば終わると思うから」

その後で初子さんと葵さんとはお昼を一緒に食べる約束だけど、それには無理に付き合ってもらわなくていいから。なるほど、この頼みごとをするのが恥ずかしかったから、さっきの中学生が出ていくのを見計らっていたのかと、腑に落ちた。

「別に、小学生みたいにしゃべってほしいとか、そんなことじゃないの。私が絵本を読むのをふんふんと聞いてくれて、終わったらちょっとだけ感想を教えてほしい。学校で読む絵本も買わせてもらいますから、ね、お願いします」

両手を合わせられて、売上げにも貢献してもらえるのなら仕方がない。次の休日は釣りにでも出かけようかと考えていたが、小一時間程度だというなら、出かける時間を少し遅らせれば大丈夫だろう。

「了解です。小学生役、やらせていただきます」

　そう告げると治子さんは、すごくよろこんでくれて、結局、何も買わずに帰っていった。

　練習会当日、文樹は車のトランクに釣り道具一式を詰め込んで出かけた。気持ちのいい晴天で、釣り日和、練習会日和である。初子さんたちが読書会で利用したことのある町内の集会所を借りてあり、小さな駐車スペースもあるという。

　小さな会議室のような部屋へ入ると、すっかり準備は整っていた。ペットボトルのお茶と、お茶うけの菓子まで用意されていた。

「お茶会みたいなものだと思って、気楽に聞いていってね」

　一番若い葵さんが、本当に気楽な感じで言った。

「せっかくなんで、子どもの頃に戻った気分で楽しませてもらおうと思います。おれの小学校では読み聞かせなんてなかったんで、初体験ですよ」

　治子さんが練習に読む絵本は二冊で、合わせても三十分かからないというので、まずは試しに読んでもらうことになった。

　一冊目は、かがくいひろしという人の『だるまさんが』という絵本だった。本来は幼児向けのものだが、口慣らしということで選んだ絵本である。

部屋の外から登場した治子さんが、席に腰かけた。観客三人が拍手すると、ぎこちなくおじぎをする。そこまで緊張しなくてもというほどの、ど緊張の面持ちでタイトルを読み上げて、読み聞かせ練習がはじまった。

内容は、普通なら「だるまさんが」といえば「転んだ」となるところを、「だるまさんがどてっ」「だるまさんが　ぷしゅーっ」など、意外性のある言葉がつづくので、すぐに文樹は引き込まれた。くり返しの面白さで、聞く側も「次は何だろう？」とテンションが上がっていくところがいい。

緊張がほぐれてきたのか、治子さんも徐々にリラックスしてきたようすで、読み方にも強弱がついてきた。「だるまさんが　ぷっ」とオナラをするところでは、読み手の治子さんはじめ全員の笑い声があがった。

「なんだか調子が出てきたので、このまま二冊目いってみます」

治子さんが、すっかり見違えたような笑顔で宣言した。皆で「はーい！」と、本当に子どもみたいに手を挙げる。

二冊目は、田島征三の『だいふくもち』で、独特のタッチで有名な絵本作家の作品で文樹も聞いたことはあるが、中身は知らなかった。

家の床下に三百年も住み着いているという大福餅を、怠け者のごさくが見つける。ところがその餅に小豆を食わせると、なんと小さな大福餅が次々に生まれてくるという、絵本ならではの奇想天外な物語だった。

それを売り出して大金持ちになり、欲を出して大福餅の上に山盛りの小豆を積んで食わせると、次第に食わなくなった。大福餅は、だんだんしなびて豆粒みたいに小さくなっていき、そしてラストでは、ごさくが消えて着物と足袋だけが残る……。

予想外のバッドエンドに、葵さんが「怖っ」とつぶやいた。確かに頭の中でそのシーンを想像すると、まるでホラー映画のようだった。ただしこの本は、すでに数十年にわたり読み継がれている名作なのだと、最後に治子さんが注釈を入れた。

練習会も拍手で無事に終わり、お茶になった。おのおのが本の内容や読み方の感想を述べながら、少し話した。感想を求められて、文樹は言った。

「一冊目は大笑いさせられて、二冊目は、特に最後は何だかヒヤリとさせられるような教訓のある本で、その落差が面白かったです。おれもあまり欲をかいて、儲けすぎないように気をつけます」

そう宣言すると全員が笑った。

「でも不思議な感覚でしたよ。目の前で絵本を読んでもらってたら、自分も子どもの頃に戻ったような、なんていうか、童心に返ったような気になりました。治子さんの小学校での読み聞かせ、おれとしては期待しかないです」

最後をリップサービスで締めた。治子さんが、上気した顔で言った。

「文樹さんに来てもらって本当によかった。おかげで、ちょっとだけ子どもたちの前で読む自信がついたな」

小さな充実感を味わいながら、辞去することにした。いよいよ釣りだ。外へ出ると、初子さんが見送りに出てきた。

「今日は本当にありがとうね。それと、今度お店に行ったときにでも話そうと思ってたけど、せっかくだからいま……じつは私、また新しいことはじめちゃった」

「えー！　今度は何ですか」

「朗読ボランティア」

一瞬、別の読み聞かせのことだろうかと首をひねった。

「視覚障害者の方向けの、本の朗読ボランティアというのを募集しているって、たまたま市政だよりで見つけたのね。読書会、読み聞かせ、その他にそんなことまでできる？　って自問して。でも迷ったら一歩踏み出せと思って、エイヤって」

ボランティアを主催しているのは市内のＮＰＯで、長年活動してきた団体だという。ただし誰でも参加できるわけではなくて、ボランティア講座というのを何ヵ月か受講して資格を得る必要がある。

「希望者には対面で朗読したり、音訳ボランティアといって、図書館の本の中から選んで朗読した音声を録音しておいて、視覚障害者の方がそれを借りて聴くこともできるみたい。なんか、楽しそうでしょ？」

呆れたと言ったら悪いが、しばらく言葉が出なかった。八十歳になる人が、三つの活動をかけもちとは……。

「初子さんには、ある意味うってつけの活動かもしれないですけど、でも本当に大丈夫なんですか、体力的にとか」

「以前の私だったら、絶対にこんなこと考えなかったし、やろうともしなかった。それもこれも、すべて文樹さんのおかげ」

深々と頭をさげる。

「私の声は、聴いてて心地いいって言ってくれたおかげなの。ほめられて、生まれて初めて自分の声に自信をもてた。誰かのために本を読むことって、私の天職じゃないかとまで思う……仕事じゃないけど」

「そうかもしれないすね、きっと初子さんの天職なんですよ！ ……仕事じゃないけど」

二人で笑い合った。天気もいいし、なんだか気持ちいい。

「この年齢になって、こんなにいろいろなことに出会えるなんて、ほんと少し前までは想像できなかったな」

しみじみと、つぶやく。きっかけをくれたのは、サトー書店、そして文樹と純子のおかげだと初子さんは言う。少し前までは、退屈で白黒のようだった日々の生活に、急に鮮やかな彩りが満ちてきたみたいだと。

「それもこれも、本のおかげ」

いつも本が真ん中にあって、その周りに人がいて、その人がまた人へとつながってきた。すべて本という存在のおかげで、本があったからこそ、いまの自分がいる。

文樹はうなずいた。それから初子さんは一人語りで、考えていることが他にもあるといった。老人ホームへ慰問に行って本を読む、なんてことまで考えているという。聞くほうも読むほうも、右見ても左見ても高齢者だらけで、でも、これからやってくる超高齢者社会の、一つのお手本みたいになれないかなぁ、と。

「面白そうだと思わない？　これはまだ、ただの夢だけど、夢は無いよりあったほうが毎日が楽しくなるしね」

壮大にふくらみつづける初子さんの展望を前に、文樹は目を丸くして聞くより他なかった。実現するのを願ってますと告げ、手をふる初子さんに頭を下げてから車を出した。

一人ドライブをしながら、あれこれ考えた。サトー書店には、小さな子ども連れのお母さんも時々やってくることがある。こんな風に読書三姉妹に教えてもらった本や絵本をすすめられれば、もしかすると興味を持つお母さんもいるかもしれない。

まだまだ新米の本屋としては、いい勉強になってるなと改めて思う。そういう意味でも今日は収穫だった。予想以上にすっきりした気分で、文樹は海岸へと車を走らせた。

*

その朝、地震が起きた。震度四だったが久々の揺れだったから、地震が苦手な文樹はすっかり慌ててしまった。純子も店にいて、やってはいけないのだと知りつつも、つい反射的に二人で本棚を押さえた。

幸い本は落ちなかった。東日本大震災のとき、店中の本という本が床に散らばって以来、叔母たちはビニールの紐を横に張って、多少の揺れでは落下しないようにしてあった。棚から本をとるとき客に少し面倒をかけてしまうが、同じ大震災の経験者ということで理解してくれている。

不意に、初子さんがひざが悪いと言っていたのを思い出した。

「初子さん大丈夫かな。びっくりして転んだりして、ひざが悪化してないかな」

「それじゃ店は私が見てるから、ようすを見に行ってきて」

了解、と答えて急いで外へ出た。バイクで行こうとすると、こういうときはもらい事故が怖いからと純子に言われて考え直し、歩いて向かうことにした。道すがら悪い想像ばかりふくらんできて思わず駆け出していた。

インターホンを鳴らすと、ややあって初子さんが顔をのぞかせた。壁に手をついて、片足を少し引きずるようにしている。

「大丈夫ですか。また、ひざを悪くしましたか？」

「ええ、久しぶりの地震だったから、ちょっとびっくりして。でも、うん、もう大丈夫。ひざはもう慣れっこだし」

「でも、それだと買い物に出かけられないですけど、食料の買い置きとか大丈夫ですか」

「うん、大丈夫。食べ物なんかは缶詰やインスタントの麺とか、いろいろ日保ちするものをストックしてるし、体調崩したときのことも考えて、ゼリー状の栄養ドリンクも用意してあるの」

一人暮らしの高齢者だけに、万一の備えがしっかりしているのに感心した。

「すごい充実ぶりっすね。独身をいいことに、ほとんど何も備えてないおれなんかより、よほどちゃんとしてます。あ、水道が出るかどうか確認しないで飛び出してきちゃったけど、それだったら水の備蓄もありそうですね」

初子さんはそこでなぜか、にこりと笑った。

「水の備蓄は任せておいて。ペットボトルの他にも、たっぷり用意してあるんだから。見る？」

いや見せられても、と思う間もなく、初子さんはズボンをめくって左のひざ小僧を出す。

「ほら、お皿のここのところ、ぷくぷくしてるでしょ。ここにも水、溜めてるの」

意表をつかれて言葉が出なかった。彼女は指で、ぷにぷにとつまんでみせる。うーん、確かにたっぷり入っていそうだ。

「なるほど……いや、でも、病院で抜いてもらったほうがいいかもですよ」

「いやよ。せっかくこんなに溜まってるのにもったいない。今後の災害への備えとして、ちゃんと備蓄しておかないとね」

真顔で言うので、思わず噴き出した。そして、ひざを撫でながら言う。

「いざとなったらさ、ここにストローを刺して、吸って飲もうと思ってる。チューチューって」

今度は大笑いしてしまった。初子さん、お茶目だ。そしてすごくチャーミングだ。目尻に刻まれたしわは、これまでの人生で、たくさん笑ってきた履歴書に違いない。こんなときでも気持ちに余裕のある、いや、余裕を保とうとしているなんて、すげえな。おれなんかほんと、まだまだだ。

「備えは万全ですね、安心しました」

「いつ何どき、何が起こるかわからない世の中だし、時代だから」

自分のような一人暮らしの年寄りは、いざというときに頼れるのは結局、自分だけ。そこでふっと淋しげな表情になったが、すぐに笑みを浮かべる。文樹さんたちが思い出してくれて、わざわざ来てくれて、こうして話せただけでも気持ちがだいぶん楽になりました。

うれしかった、ありがとう。そう言ってくれた。

「頼れるのが自分だけなんて言わないで、何かあったらおれたちにもぜひ頼ってください。うちの書店、ご町内の情報ステーションを目指してますんで」

「本当に、いつもいつも助けてもらってます。これからも末長く、よろしくお願いしますね」

あの日、買い物帰りに初めて店で休ませてもらったとき、気遣って家まで送り届けてくれたこと、いまでも忘れられない。そう言いながら、初子さんは目尻をぬぐった。気丈にふるまってはいても、やはり不安はあるのだろう。それをゼロにはできないけれども、限りなくゼロに近づけることは、できるかもしれない。

まちの小さな本屋は大変だ。でも、もし無くなれば困る人や淋しがる人がきっといる。そんな人たちのためにも、叔母と二人、やれるところまでやっていくぞ。文樹は、改めて心に決めた。

災害時　ひざにも水を　溜めてある

いぢわる

一条ヒサ　73歳

世の中は　バカばっかりだ　腹の立つ

＊

●昔話　桃太郎の巻

「むかしむかし　あるところに　おばあさんとおじいさんがありました。まいにち、おばあさんは川へ洗濯に、おじいさんは山へしば刈りにいきました」

小さな子どもが三人、瞳をキラキラさせながら聞いている。一条（いちじょう）ヒサは、やさしそうな声色をつくって、語りかけるように昔話をつづける。

「ある日、おばあさんが洗濯をしていますと、川上から大きな桃が一つ、ドンブラコッコ、スッコッコ、ドンブラコッコ、スッコッコ、と流れてきました」

「あー、そのお話、ぼく知ってる。桃太郎！」と、一人の子が叫んだ。

「ちょっと待ちなさいね。おばあさんの桃太郎は、そんじょそこらの桃太郎とは、ちょっとばかり違うんだから」

その子は不満そうに口をとがらせたが、それ以上は騒がなかった。小さな公園の小さなベンチの前で、子どもたちとは、さっき知り合ったばかりである。

「おやおや、これはみごとな桃だこと。おじいさんへのおみやげに、うちへ持って帰りましょう。そして川から桃を拾いあげて、洗濯たらいに一緒に入れて、うちに帰りました……なんだかんだあって、桃から桃太郎が飛び出してきたので、二人はびっくりしてしまいました。とても元気な子で、桃から生まれたので桃太郎という名をつけました……それから、なんだかんだあって、桃太郎は鬼が島というところに、鬼たいじに出かけることになりました」

「ねえ、なんだかんだって、なに？」

「いろいろなことがあった、って意味だよ。お前たちが聞きやすいように、はしょってやってるんだ、わかったかい」

三人は、不承不承という感じでうなずいた。

「そして、なんだかんだあって、きびだんごを持って、鬼たいじに出かけることになりました……そして、なんだかんだあって、サル、ネコ、ニワトリを子分にして鬼が島に向かいました」

「あー、まちがってるよ。ネコじゃなくて、犬だよ！」

「ああ、そうだったかねえ。どっちにしても子分どもはたいした活躍はしないんだから、ネコでも犬でもかまやしないのさ……えーと、どこまで話したっけね」

「鬼が島に向かったとこ」

「そうだった、そうだった……また、なんだかんだあって、鬼たちをやっつけましたが、鬼の大将、鬼のラスボスだけは頑張っていました。とても手ごわい鬼だったので、桃太郎はほんとは使うつもりのなかった刀を抜き、一刀両断に切って捨てたのです。すると鬼は、断末魔の悲鳴をあげて、体は真っ二つになってしまいました」

子どもたちは呆然とした面持ちで、互いに顔を見合わせている。ヒサは内心でほくそ笑んだ。

「桃太郎が、おばあさんとおじいさんの家に帰ってくると、警察が待っていました」

「け、警察？　なんで？」

一人の子が言った。

「桃太郎は、許可を得ることなく鬼が島に不法侵入し、正当な理由なく鬼をいじめ、あろうことかラスボスの鬼の大将を叩っ殺してしまったので、業務上過失致死傷又は殺人の容疑で警察当局にタイホされてしまいました」

「えーーー！」

子どもたちの声が揃った。

「桃太郎が……タイホ？」

誰かがゴクリと唾をのみこむ音がした。

「その後、裁判員裁判が開かれることになりました。判決で、桃太郎には執行猶予なし、懲役十五年の刑が言いわたされて、刑務所に入れられることになったとさ。めでたしめでたし」

「……全然めでたくねぇし」

誰かがつぶやく。しょんぼりしている子どもたちに向かって告げる。

「だからみんなも人をいじめたり、殺したりしちゃダメだぞ。わかったね」

「殺さねーし」と誰かがつぶやいた。顔をゆがめている子どもたちを見るのは、じつに痛快な心持ちがする。

ヒサは立ちあがると、「んじゃな、バイバイ！」と言った。

一日一善ならぬ、一日一悪だ。何か、とてもいいことをしたような爽快感があった。勧善懲悪、因果応報。自分はさしずめ、桃太郎ならぬ悪太郎だ。

でも、いぢわるは人を嫌な気分にはするが、人は殺さない。それが一番の良さだ。やけに、すっきりした気分でヒサは家路についた。

＊

●禁煙の巻

となりのジジイが、禁煙をはじめたらしい。これまで何度か挑戦して、その都度失敗していたのは知っている。十六の年から吸いはじめたというから、喫煙歴はもう六十年以上になるわけだ。バカじゃなかろうか。もったいない。近頃は、世の中こんなバカばっかりで、困ったものさ。

人には誰にでも歴史というものがある。歴史というものは、良いことばかりじゃなくて、もちろん悪いことだってあるのだ。そんなものは国の歴史を考えてみてもわかることだ。むしろ好ましくないもので歴史がつくられてきたではないか。

いまの時代、たしかにタバコはすっかり悪者になっている。それがどうした？　他の税金以外に、タバコ税まで払ってるんだ。堂々と吸ってりゃいい。そう、ヒサもタバコは吸っている。

あまりにヒマで、やることもなくて、それだというのに外は、ばかにいい天気だったから庭へ出てみた。となりの家とは板塀で隔てられているが、少し背を伸ばせば向こうが見える。トンテンカントンテンカンと、何やら音がしている。

覗いてみると、となりのジジイが板に釘を打ちつけていた。

「おいジジイ、何してんだ？」

ジジイが顔をあげた。

「なんだよババア、うるせえな」

「だから、何やってんだと訊いてんだよ」

チッと、舌打ちするのが聞こえた。

「巣箱、作ってんだよ」

「巣箱ってあれか、鳥が入ってくるやつのことか？」

「それ以外に、どんな巣箱があるってんだよ」

長年、となり同士で暮らしているが、このジジイが鳥に興味があるなんて聞いたこともなかった。

ははーん、と思った。もしかして、無聊を慰めてるというやつだろうか。タバコをやめて手持ち無沙汰になり、気を紛らせるためにとりあえず何でもいいから手を動かそう、というような。

「あんた、タバコやめようとしてんだってな」

「やめようとしてんじゃねえ、もうやめたんだ」

ヒサを見て、小馬鹿にしたようにフフンと鼻で笑う。頭にきたから、割烹着のポケットからタバコをとり出して火をつけ、じじいのほうに煙を吹きかけてやった。

ジジイはわざとらしく、その煙を手で払う仕草を見せた。

「おい、吸いたくなったんじゃないか、ひと口吸わせてやろうか？」

「はん、オレぁ意志が強いからな、おめえと違ってな」

「何日目だ？」

「……何がだよ」

「だから、タバコをやめてから、もう何日になるかって訊いてんだよ」

そう言って、また煙を吹きかけてやる。

「バカ野郎、そんなの覚えてられるか」

「嘘つけ。おおかた毎日こよみに印を付けて、あぁこれで〇日がまんできたぞ、って自分を慰めてんだろう」

少し、間が空いた。何事か考えているのか、迷っているのか。

「慰めてなんかいねえ、オレは自分をほめてやってんだ」

「ほれみろ、やっぱり数えてんじゃないか。ほら、白状して楽になりな。今日で何日がまんしてんのさ」

「……七日」

しめしめ、グラついてきたな。

「なるほど、今日で初七日か。それはそれはご愁傷さまなこって。次に目指すのは四十九日かい？　その次は百か日、その次は一周忌だな。いやー、まだまだ先は長いねえ。六十年も吸ってきて、七十もすぎてからタバコやめて、老い先短い残りの人生を、毎日がまんがまんで生きてくってことかい。いやはや、そんなもったいなくて無駄な生活、あたしゃ、とっても真似できないよねぇ」

そんな講釈をたれてから、盛大に煙を吹きかけてやった。まあ今日は初日だ、これぐらいにしておいてやろう。せっかくの楽しみは、先延ばしにしたほうがいい。

翌日――。毎日が日曜日の、ジジイの日曜大工の音を聞きつけて、ヒサはまた外に出た。かなづちで釘を叩く音がしている。塀越しにそのようすを眺めながら、タバコに火をつける。

ジジイはこっちをチラッと見ただけで、（オレはお前を完璧に無視しているのだ）という姿勢がありありである。今日は煙は吹きかけない。ただ黙々と吸うだけだ。

一本目を吸い終わり、すぐに二本目に火をつける。そして無言のまま、タバコを灰にしつづけた。

「吸い過ぎだ」

ジジイが根負けして、そんなことを言う。

「あたしの勝手だろ。いいから、あんたは手を動かしな」

巣箱は、下面と側面を作っているところだった。手際が悪く、くっつけようとして板を何度も落っことす。この調子では、まだ何日もかかりそうだ。もうしばらく楽しめそうだなと思った。

二本目も吸い終わり、三本目にとりかかった。立てつづけに吸うものだから、口の中がもうヤニだらけで気持ち悪かったが、ここまできたら根比べである。

「そんなに吸ったら体壊すぞ、ババア」

「壊すもへったくれもあるかい。だいたい、あたしもあんたも棺桶にもう両足突っ込んでるようなもんじゃないかさ。後期高齢者の年寄りが、健康を気にして生きるなんざ愚の骨頂だよ。そうは思わないのかい？」

ジジイは何も答えない。そこで、少し間をとってからこう言った。

「禁煙するったって、どうせ自分から言い出したわけじゃないんだろう？　さしずめ女房か息子の嫁にでも言われたんだろ？　そんな年になってまだタバコ吸ってるなんて……とかなんとか」

まだ何も言い返そうとしない。しかし、さっきから時々手が止まっている。気になってしょうがないのだ。禁煙のことだって、きっと図星、当たらずとも遠からずに違いない。

アサリの口がぱっくりと開くまでは、あと少しの辛抱だ。

「本音を言えば、いまさらやめたくなんてない、そうだろう？　タバコ」

わざとやさしげな口調で、いたわるような調子で言った。

ヒサのタバコは、ついに四本目に突入した。さすがに喉がピリピリと痛んできた。でももうこうなりゃ意地だ、負けるんじゃないよと自分に言い聞かせる。あたしゃ、いぢわるのためなら、どんながまんもできるんだよ！

そよ風が吹いていて、タバコの煙がゆっくりとジジイのほうへと流れていく。

「どうせ昼間は、家には誰もいないんじゃないか。女房は趣味のサークル、息子は会社、嫁はパートだろ。タバコを吸おうが吸うまいが、あんた以外の誰にもばれやしないじゃないかね。ほれ」

ここで初めて、ピースの箱を差しだしてみた。ジジイはじろっと見て、それから手許に視線を落とした。

「……匂いに敏感だからな」ジジイがいった。

「何だって？」

「だから、すごく鼻が利くんだって、うちの嫁は」

なるほど、今回の禁煙のきっかけは息子の嫁か。ふん、そういえばあの女、性格がきつそうだからな。

「あんた、タバコは体に悪いだけの代物だって、本当にそう思ってんのかい？　あたしゃ、そうは思わないね。あの伊達政宗も、徳川家康から健康法として教わったタバコを、毎日、関所で吸ってたって知ってるかい」

「……そうなのか？」

「タバコは嗜好品じゃなくて、薬だったんだよ。タバコが体にどう良いか知らないけど、思うに、心の薬だったんじゃないのかな。たかだか数百年ぽっちで、人間に薬だったもんが、完全な毒に変わるなんてこと、あるかね。おかしな話さ」

ジジイが神妙に聞いているので、あと少し、と油断したら反撃を食らった。

「あんた、この町内にとっちゃ毒だが、薬になるところなんか、あるかね?」

ぐっ、と言葉に詰まる。だが、ここで黙っては名がすたる。

「余計な話はいいんだよ。だいたい、いまの世の中は体のことばっかりで、心のことを考えようとしなさ過ぎるんだ。だから心を病む人が、どんどん増えてるのさ」

間をとって、できるだけ旨そうにタバコを吸った。

「何かうれしいことがあったとき、悲しいことがあったとき、無性に腹が立ったとき、そんなときは、とりあえず一服つけて、煙を吸って、吐いて、そうすりゃ人心地がつくだろうにさ。楽しいことなら倍に、悲しいことやつらいことなら半分にしてくれる……それがタバコじゃないか」

そんな説は一回も聞いたことなどないが、口から出任せで、そんなことを言ってみる。さらにダメ押しになる言葉はないかと、懸命に悪知恵を絞っていると、ジジイがぼそりと言った。

「……そうだよなぁ」

落ちた。このジジイ、あたしと違って存外やさしいところがある。自分のためだけじゃなく、人のためもあれば、なびくかもしれない。

「あたしだってさあ、となり同士、長年のタバコ仲間がいなくなるかと思うと、ちょっとだけ淋しくてねぇ」

しめは泣き落としだ。そう、犯人に白状させた、取調室の老練なデカになった気分だ。自白した犯人には、刑事がタバコを吸わせてやるものと、昔から相場が決まっている。

再度、ジジイにタバコの箱を差し出す。しばし逡巡したのち、観念したようにそれを受けとる。フィルターの端を口でつまむようにくわえ、火をつける。

最初の一服を深々と吸い込むと、次は満足気に大量の煙を吐きだした。

「ああ、うまいなあ、やっぱり」

しみじみと、つぶやく。今日も元気だタバコがうまい。タバコは心の日曜日。そして、あたしもジジイも、毎日が日曜日である。

＊

●天敵の巻

ヒサには天敵がいる。同じ町内のはずれに住むトメだ。これまで何十年にもわたって張り合ってきた、喧嘩相手である。同い年で、息子家族と同居していて、その嫁と折り合いが悪いところまで一緒である。

これだけ共通点が多いのなら、もう少し仲がよくてもよさそうなものだが、同族嫌悪というのだろうか、世の中そうそう、うまくはいかないものである。

何しろ性格がまるで違う。ヒサが、いぢわるだとすれば、トメはイヤミだ。どっちが勝ちだ？　……どっちも負けか。だから、あいつもあたしも、家族からうとましがられているんだ。ふん、この年になったら、そんなことはどうでもいいや。

前に名前の由来を聞いたことがある。親が子だくさんで、もうこれ以上いらないからと、止めるでトメだと。これほど下らない名前があるだろうか。

ヒサはどうかって？　もちろん由来はある。幾久しく幸せに健やかに暮らせますようにと、父がつけてくれたと聞かされた。あたしは、この年になるまで幸せだったろうか。そして、いま、幸せだろうか——。

わからない。父がいれば、ぜひ問い質したいところだが、しかし父はもうこの世にはいない。

もとい。トメのことだ。そういえば最近、あいつの顔を見ていないな。もしかして、もう死んじまったとか。今日も今日とて、何かをするアテがあるわけじゃないから、一丁あいつのところに行って、からかってやるか。

意気揚々とトメの家へ向かった。ところが玄関で何度ピンポンと押しても、一向に返事がない。この家の家族も日中は全員外で、あいつは一人のはずだが、出かけてるのか？　確認するために庭のほうへ回ってみた。

すると、小さい庭に面した縁側に、トメがぽつねんと座っている。何か考えこんでいるのか、ヒサがきたことにも気づいていないらしい。

（よ～し、チャンスだ、何か仕掛けてやれ）

「おい、何してんだ？　そろそろお迎えでもくるとか思って、待ってるのか？」

トメは、ぎくりとして振り向いた。驚かされたのが腹立たしいのか、フンッと言った。

「先にお迎えがくるのは、お前のほうだろ。この、性悪ババアが」

そう言うと、また庭木のほうをぼんやり眺めている。

「今日はずいぶんと元気がないな、病気じゃねえのか」

そう言ってケケッと笑うが、やはり反応が薄い。どうも今日は、ようすがおかしい。さっぱり、からかい甲斐がない。年寄りの打ちしおれた姿を眺めていると、こっちまで気が滅入ってくる。

今日のところは帰るか、そう思って庭から出ようとしたとき、トメが言った。

「お前はいいいな、いつだって能天気で。悩みのひとつもなさそうだから、脳みそのシワもあらかた消えて、ツルツルなんだろうよ」

「やかましいわ！　こちとら脳みそもお肌もツルツルなんだよ、うらやましいか」

やっと、いつもの調子が出てきた。悪口を言い立てようとしたとき、トメがぼそりとつぶやいた。

「本当に病気になっちまったんだよ、私は」

今度はこっちが、ぎくりとする番だった。努めて明るい声で言い返す。

「あたしらぐらいの年になれば、もう病気のデパートだろ。持病や痛い所をひとつももってない年寄りなんて、いるわけない。高血圧に低血圧、腰の痛みに肩の痛み、糖尿病に骨粗鬆症、それから……」

「うるさいババアだな、黙れ。私のは、そんな軽いやつとは違うんだよ」

「それじゃ……いったい何だってのさ」

トメはこうべを垂れて、今度は自分の手のひらを、じっと見つめた。何をどう言えばいいのかわからなくなって、しばし黙った。

「思えば、あんたとの腐れ縁も、もう何十年になるのかねえ」

急に、しんみりとした口調で、そんなことを言う。

「口喧嘩なんてまだいいほうで、取っ組み合いになったり、嫌がらせされたら嫌がらせ仕返して、しょっちゅういがみ合ってばかりだった」

ボケると性格が変わるとも、本当の性格が出るともいう。それか？

「ど、どうしたんだ突然。もしかして頭の病気か？」

「いいね、あんたは、そんな風にいぢわるなことばっかり言って、大勢の人から嫌われて、うとましがられて。そうやって、きっと一生が終わっちまうんだろうねえ」

ちらと、こっちを冷たい目で見る。

「私は、そんな人生は嫌だね。せめて最後の最後ぐらいは、みんなに惜しまれて逝きたいもんだよ」

これまでとはあまりにも違う、トメの変化にとまどいながらも考えた。もしかして悔いてるのか？　これまで人に浴びせかけつづけてきた、あのイヤミの数々を。そして大病を患ったことで、それが何かはわからないが、悔い改めようとか思っているんだろうか？

もし、そうだとしたら、この町内では自分だけが嫌われ者、鼻つまみ者になってしまい、悪目立ちしてしまうかもしれない。それはイヤだ、絶対にヤだ！　あたしだって、あたしだって……。

「私は、きっとそう長くはないだろうと思う」

「そんな。それ、本当なのかい？」

「この間、医者から聞いたんだから、間違いないだろうよ」

少し考えてから、こう告げた。

「あんた、今日はずっと家にいるのか」

こちらを見て無言でうなずき、コホコホと咳をした。背中もすっかり丸まっていて、なんだか体が一回りも小さくなったように見えた。

「あたしゃ、いったん家に帰って用事をすませてから、もう一度くるよ。待っててておくれ」

庭を出て家に向かった。自分の部屋に戻ると座卓の抽斗を開けて、めったに使うことのない万年筆と便箋をとりだした。

それから辞書と首っ引きで、時間をかけて手紙を書きつけた。便箋を四つ折りにして封筒に入れ、着物の懐にしまい込み、再び家を出た。


トメは、まだぼんやりと庭の景色を眺めていた。ヒサはやさしい調子で声をかけた。

「あんたの病気のことは、あえて聞かないよ」

「私だって、あんたなんかにゃ話すつもりはないよ」

ふん、体が弱っても憎々しいやつだ。

「これ、冥途の餞別(せんべつ)がわりにくれてやるから、大事に取っときな」

封筒を差し出すと、トメは怪訝そうな顔つきで手は出さずに見つめている。

「ほら、どうしたのさ。受けとりなってば」

しぶしぶ、という感じで手にとる。封はしてないので、そのまま便箋を中から出して開く。時間をかけて、ゆっくり読んでいる。途中から息が荒くなっていくのがわかった。

「なんだコレは！」大声をあげ、こっちを睨む。

「弔辞だよ」と答えた。

「あんたとは長い付き合いで、こういう間柄だからね。もうじき死ぬっていうからさ、葬式のときには、せめてこれまであった出来事は全部水に流してやるっていう、いわば証文みたいなもんだ」

便箋を持つトメの手が、わなわなと震えている。

「どうした、あまりの感激で興奮してきたのかい」

トメは手にしていた便箋を、びりっと破った。二枚に重ねて破って、さらに重ねて破りを何度かくり返した末に、すっかり小さくなったバラバラの紙片を、こちらめがけて投げつけた。陽射しに透けた無数の白い紙が、雪のようにハラハラと舞い落ちる。

「ふざけるんじゃないよ、このクソババアが！」

怒鳴り声が静かな庭の塀にこだました。

「なんだい、人のせっかくの好意を……」

「生きてぴんぴんしてる人間に向かって、弔辞を渡すことの、いったいどこが好意だってんだよ。もうボケてきたか！」

興奮しすぎたトメは、ふーふーと肩で息をしている。

「おいおい、あんまり怒ると血圧が上がって体に」

さわるぞと言いかけて、ふと気づいた。生きてぴんぴんしてる人間だって？

「あんた、病気だったんじゃないのか」

「だから病気だって言ってんだろ」

「もう長くないだろうって、さっき自分で……」

トメが腕組みしてふんぞり返って言う。

「ああ、病気さ。ついこの間、医者に胃炎だって診断されたんだ」

「胃炎？　胃がんじゃなくて？」

「精神的なことが原因かもしれないと言われたってのに、人をこんなに怒らせやがって、腹の立つ」

「それじゃ、長くないってのは」

相手のあまりの癇癪にすっかり毒気を抜かれ、恐る恐る尋ねた。

「ああ長くないだろうよ。私ゃ百まで生きようと思ってたけど、病気になったんだから、せいぜい十五年か二十年ぐらいしか生きられないだろ。私からすれば、そんなのは長くないと言ったんだよ。まんまと引っかかりやがって、ざまあみろ」

くそー、このウソつきババアが。

「お前なんざ早くおっ死んで、エンマさまに舌でも引っこ抜かれろってんだ。そんときゃ、あたしがさっきと同じ弔辞を読んでやるよ！」

捨てぜりふを吐いて庭から出た。胸がムカムカして、すっかり頭に血がのぼっていた。あんなやつに、うまうまと引っ掛けられたことが、がまんならなかった。

でもな、と自分を慰める。結果的には、元気なあいつに弔辞を手渡したことで、一矢報いてやった。今日のところは、これで良しとしよう。

*

●絵馬の巻

年寄りには、予定というものがほとんどない。病気を持っていたり、体があちこち痛む人なら病院巡りという暇つぶしもできるだろう。しかし幸か不幸か、ヒサには持病もなければ体を動かして特段痛い場所もない。トメに持病と言ったのは方便である。

特に悪いところもなく、暇ばかり持て余しているヒサのような老人は、何もするあてのない一日が、とにかく長い。こたつに入って何をしようか考えあぐね、何気なく脇にある物入れの抽斗を開けたとき、ふと思いついた。

そういえば、今年の正月から少しすぎた頃、初詣に出かけた。あのときは珍しく絵馬を買って、何かを願ったのだったが、その願い事すら忘れてしまった。まあ、今年も無事一年過ごせるようにとか、そんな無難なことを祈った程度だろう。

でもいまの自分には、新しい願い事があるじゃないか、と思った。

そうだ、神社に願掛けに行ってこようと思いつく。まだ外は風が冷たいから、襟巻きを首に巻いて、厚手の外套をタンスから引っ張り出して着てみた。せっかく出かけるのだからと、いちおう姿見で確認した。

巾着に財布と鍵を入れて、部屋を出た。念のために台所に寄って火の気がないか確認し、靴箱から歩きやすい靴を選んではき、もう一度鏡で見る。うん、大丈夫。

玄関から出て外から引き戸に鍵をかけ、歩きはじめて、（あれ？）と思った。あたしゃ、何をするために出かけようとしてたんだっけ？

立ったまま思い出そうとした。しばし考えたものの、何しろ寒いし、さっぱり思い出せない。うーん、とうなった。年をとると、こういうことは頻繁に起きるが、考えた場所に戻ると思い出すことが多い。面倒だが、いったん部屋に戻ってみることにした。

鍵を開けて家に入り、自分の部屋へ戻った。よくよく考えてみたが、やっぱりわからない。こたつに入って、わけもなく部屋の中を見回してみる。外出を思い立った、何かきっかけがあったはずだが……思わず抽斗に手をのばしたところで、はたと思い出した。

ようやく思い出した。そうだ、願掛けで神社に出かけようと思っていたのだ。そうだそうだと、すっきりして再度出かけることにした。もう一度玄関の鏡を見て、外から鍵をかけたとき、郵便受けがゴトリと鳴って、バイクが走り去る音がした。

ふたを開けて郵便物をとり出す。もちろん自分宛てには何も届いていない。玄関に置いてこようか迷ったが、面倒だから郵便受けに戻した。帰りでいいか。さて、と歩き出したとき、

（ん？）と思った。

出かける用事を、また忘れた。歩き出せば思い出すだろうと、近所を一周してみた。が、やはり思い出せないまま、とぼとぼと誰もいない家に戻った。

「ただいま……お帰り」

一人芝居をしていると、侘しさがつのってくる。そこから、さっきとまるで同じ行為をくり

返したあとに思い出したので、今度はメモ用紙に〈願掛け　神社〉と書いて、巾着に入れた。

今度はやっと目的地を目指して出かけることに成功した。年をとると外出するだけで、もうひと苦労なのである。

神社へ向かう道すがら、小さな本屋の前を通りかかった。店の前でヒサと同年輩の女性三人が立ち話をしていた。笑い声があがり、とても楽しそうである。そのようすを横目に通り過ぎようとしたとき、ヒサの胸がチクリと痛んだ。

友だち、か——。互いにののしり合う相手はいるが、あたしに友だちはいるのだろうか。

神社の境内に人の姿はなかった。社務所が開いていて、巫女らしき若い女がいたので声をかけた。

「初詣に来たときに、絵馬に願い事を書いたんだけどさ、追加で書きたいことができたから、書くものを貸しておくれでないかい」

彼女が戸惑った顔つきのままなので、重ねて言った。

「筆とか、そんなちゃんとしたものでなくたって、マジックとかでもいいんだから、何かあるだろ?」

「あ、はい、筆記具はありますけど」

こちらの真意をうかがうような感じで、訊き返してくる。

「あの、確認なんですけれども、絵馬をお買い求め、ということでよろしいんですか」

ヒサは大げさに手を左右に振ってみせた。

「違う違う、そうじゃなくて、正月に買って願い事を書いて吊るしてある、あれ」

たくさんの絵馬が掛けられた板を指さす。

「あの中に、あたしのがあるから、それに追加で書くんだよ」

巫女は、いよいよ困ったという顔つきになった。

「えっと、そういうことが可能かどうか、私は知りませんので、大丈夫かどうか聞いて参りますので」

「そんなこと聞かなくたっていいから、書くものを貸してって言ってるだけでしょ。あたしがお金出して買った絵馬に、あたしが書くってのに、なんで神社の許可がいるのさ」

ごもごもと口ごもりながら、巫女は小走りに奥へと消えた。

まったくしょうがない、融通のきかない小娘だよ。どうせ期間限定のアルバイトに決まってる。それともバイトはバイトなりに、一日の売り上げ目標でもあるってのかい。

女が男を連れて戻ってきた。白装束を見ると神官らしいが、ここの宮司の顔は知っているから、ネギだかナスだかだろう。

「話はうかがったのですが、すでに掲示してある絵馬に、新たに追加で書くというのは、ちょっとこれまで前例がないもので、別の絵馬を買い求めていただければと存じますが」

「何をがたがた、けち臭いこと言ってんだ。それじゃ何かい？　前例のないことは金輪際許さないって、神さまがそう言ってるということかい？」

「いえ、そういうわけでは」

男は明らかに困惑していた。それを見ていたら、なぜだか愉快な心持ちになってきた。いちわるの本分、発揮だ。

「それとも何かい、ここの神社では、一枚の絵馬に二つの願い事を書くことは、ご法度と決まってるとでも言うのかい」

返答に窮したのか、二人でコソコソと話し合っている。

「しみったれたババアだ、そう思ってるだろ」

男は慌てて手を振って、「そんなことは」と言った。

「いいかい、よく考えてごらんよ。お金を払ってるのは、このあたしのほうなんだ。それを、さらに別の願い事をしたいんなら新しい絵馬を買えと、そうやって無理やり絵馬を売り付けて売り上げをあげようとする、その性根のほうがよっぽど、みみっちくないかっての。あたしゃ何か間違ったことを言ってるかい」

「あの、今回はそういうことでしたら、特別によろしいということで」

この話は一刻も早く終わらせたい、そう考えているのが見え見えのていで、マジックペンを差し出してきた。せっかく楽しくなってきたというのに、そんなに早くしまいにしてたまるか。

「あぁ、そうか！　あんたらの魂胆が、やっとわかった。あたしがそのペンを、ねこばばするとでも思って疑ってるんだ。そうだろう」

男は、さっきよりもさらに大げさに両手を振ってみせた。

「いや、そんなことは全然考えませんでした。思いつきもしなかったです。そんなの疑うわけありませんから」

「そうかねぇ」

イヤミたっぷりに言ってやった。どうせ家に帰ったって独りなんだし、これが終わったら、また何もすることがない。もう少し暇つぶしをしてたいものだ。

何かないか？　この二人に絡む、別の面白そうなネタはないだろうかと知恵を絞る。こっちが受け取らないものだから、男はマジックを差し出した間抜けな格好のままである。

「そういえば前から気になってたんだけど、なんで絵馬は馬じゃなくちゃいけないんだろうね」

予想外の方向から球が飛んできたので、受け止め損なった。そんな顔つきだった。ややあって気を取り直したのか男が言った。

「それはですね」

講釈を垂れようとした男を手で制す。

「あたしは、こっちの人から聞きたいね」

そして巫女を指差した。

「えっ、私、ですか」

あまりに意外だったため、素が出たのか「なんで私？」と友だち言葉で答えた。

「だって、あなた巫女さんなんでしょ。神様に仕える立場として、これまでちゃんといろいろ学んできたわけなんだろう？」

男が、苦虫を噛み潰した直後の顔になる。（どうせ期間限定のバイトだってわかってて、そんなこと訊いてるんだろ！）と、心の声が聞こえた。状況が膠着(こうちゃく)してしまっていることで、男がイライラしはじめた。

「彼女は、まだこの仕事をはじめたばかりで、絵馬のことは教えていませんので、私からご説明いたします」

絵馬は祈願やお礼参りで奉納される絵が描かれた額で、鎌倉時代頃から普及したもので、多くは上が山形になっている。古代では馬や木馬を奉納していた名残りで、馬の絵が多いとされる。昔は、目が悪い人は目、手足の悪い人は手足を、それぞれ絵にして平癒を祈願したりした。現代は合格や進学、就職などを祈願する人が多い。

そんな歴史には、これっぱかりも興味がなかった。さて、そろそろ立ちっぱなしで疲れてきたから終わりにしてやるか。

納得したふりをしてマジックペンを受け取り、絵馬掛け所へいく。寸分のすき間もないほど、びっしりと掛けられている。この中から、自分の物を探し出すのは骨だなと思ったものの、別に慌ててやる必要もないかと思い直す。

帰ったところで何も予定などあるわけじゃなし。今日一日の用事は、これでおしまいなのである。

自分が吊るした場所は憶えていないが、背が低いから上の方ではないはずだ。そして昔から隅っこを好むたちなので、左か右の端の辺りだろうとあたりをつけて、一枚ずつ見ていく。十分ばかりかかってしまったのは、他人の絵馬の願い事を読むのが面白くなってしまって、つい熱中したからだった。

自分の絵馬を探し当てた。そして願い事を書いた裏面を見て、愕然とした。そこには、こう書いてあった。

〈今年は皆から愛される年寄りになれますように　一条ヒサ〉

……愕然とした。というのは、初詣で書いた内容を忘れていたこともそうだが、今日書きにきたことと、まるで同じだったからである。追加で願い事をしようと思ったきっかけは、トメとの口論で向こうが口にした言葉だった。

あんたは、いぢわるなことばっかり言って、大勢の人から嫌われて、きっと一生が終わっちまうんだろうねえ――。

あの後、家に戻ってこたつに入りながら、じんわりとショックを受けた。長年いぢわる対イヤミで争ってきた天敵から、まさかあんなことを言われるとは思いもよらなかったからだ。

自分はこれまで数限りなくいぢわる三昧で生きてきたけど、人生の最終盤がこれで、本当にいいのか？　そんな疑問が湧いてきた。マーガレット・サッチャー女史のように強い鉄の意志を持って、いぢわる道に邁進してきたのだが、そこに迷いが生じた。

愛される年寄り……なんて甘美な響きだろう。郷土銘菓「白松がモナカ」の羊羹のように甘い。

そうだ、いぢわるばかりしてきたのは、淋しさと孤独を紛らせるためだったのだろうか、なんちゃってな……ハハッ。

境内の隅にあったベンチに腰を下ろし、自分が書いた絵馬をじっと見つめた。自分は本当に、そんなこと思っているんだろうか。心の底の底のほうでは、もっと人からの愛が欲しいと願っているのか？　自分のことは、自分が一番わからないというが、今のヒサはまさにその状態だった。

　これまで七十余年の人生で、数え切れないほどのいぢわるを他人に施してきた。物心ついた頃から、すでにそうだった。二十代、三十代は、まだまだ青かった。四十代、五十代の頃は、少し磨きがかかってきたなという手応えがあった。

　そして還暦を過ぎて七十の古希が見えてきた頃になると、いよいよ円熟味を増してきたと感じたものである。そう、自分のいぢわる道も、いよいよ完成の域に達してきた。

　それだというのに、なぜ今頃になって、人から愛されたいなどと日和った願い事を書いたんだ。一条ヒサも、とうとう焼きが回ったか？　それとも生来の淋しがり屋で、それを紛らすために、人との関わりを持ちたいがために、いぢわるという行為に及ぶことで、心の交わりを求めていた、とか。

　わからない。自分がわからない。無数のいぢわるをして悦に入っていたことが、わからない。そして、いまになって、まるで悔い改めたとでもいうように「皆から愛される年寄りに」なんて絵馬に書くことも、わからない。しかも、二度も。

「おばあちゃん、寒くないの？」

　突然声をかけられて心臓が止まりそうになった。顔を上げると、少し離れたところに男の子が立っていた。

「ああ、寒くないよ。風も吹いてないし、ここは陽だまりになってるから」

　ふうん、と男の子は言った。誰かと一緒なのかと周りを見たが、境内には自分たちしかいない。

「ぼく、一人？」

　うん、と答える。見たところ小学校の低学年くらいだと思うが、友だちも親も一緒ではないようだ。近所の子だろうか。

「何してるの」

「遊んでる。おばあちゃんは？」

　少し考えた。あたしゃここで、いったい何をしようとしているのだ。

「一人でね、ちょっと考え事をしてたの」

「何を考えてたの？」

「これになんて書こうかって考えてたんだよ」

　絵馬を見せると、男の子は物珍しそうにのぞき込む。

「これ、なに？」

　よくある子どもの質問攻めがはじまった。

「これに願い事を書くと、叶うんだ。願い事は知ってるかい」

「知ってる！　なむなむして欲しいものとかをお願いするんでしょ。ニンテンドーＤＳくださいとか。これに書けば、かならず叶う？」

「うーん……叶うことも、ある」

「叶わないこともあるの？」

男の子は悲しげな顔をした。むしろ叶わないほうが多いんじゃないかと思ったが、小さな子に向かってそんなことは言えない。子どもには、ちょっとだけやさしいのである。

「全部が全部は、叶わないかもしれない」

「だったら、どうしてみんな書くの？」

なぜなぜ攻撃が止まらない。しかも、なかなか鋭いところを突かれて、もう白旗を上げて降参したい気分だった。知ったかぶりの年寄りは、もうやめだ。年寄りにだって知らないことはある。いや、年をとればとるほど、わからないことはどんどん多くなる。

「どうしてだろうね。あたしにも、わからない」

絵馬を見ていると、男の子がそれを読んだ。

「……としは……から……されるとし……りになれますように」

大きく首をかしげている。そうか、まだ習っていない漢字だからか。

「これ、なんて書いてあるの？」

返答に困った。こんなこと、人前で言うなんて恥ずかしすぎる。

「ねえ、どういう意味？　教えて」

急かされて、焦って、つい口からでまかせを言う。

「今年は、皆から、嫌われる年寄りになれますように、と書いたの」

男の子が目を丸くした。

「おばあちゃん、みんなから嫌われたいの？　どうして？」

また反射的に心にもないことを口走る。

「あたしゃね、根っから独りが好きなんだ。愛されたり好かれたりしたら、周りに人が大勢集まってくるだろ？　そうなったら面倒じゃないか。だから友だちもいない、独りが一番」

「ダメだよ、おばあちゃん！」

男の子が突然、大きな声で言ったので驚いた。あたしはいま、この小さな子に叱られているのだろうか？　見れば彼は、きっと鋭いまなざしで睨んでいた。

「みんなに嫌われたいなんてダメだよ。だって、お母さんが言ってたよ。友だちは百人なんかいらなくて、一人だけでいいから仲良しの友だちができたら、それでいいんだよって」

男の子の言葉が、胸に突き刺さる。ヒサは自分の胸に手を当てた。心臓の鼓動が速くなっていた。恐る恐る、尋ねてみる。

「ぼくには、そういう友だち、いるの？」

彼は、にこっと笑った。

「いるよ。一人だけ、仲良しの友だちがいるよ」

年寄りとして、いや、大人として、曲がりなりにも人生の大センパイとして、ここはかっこつけてみせなきゃいけない。不意に、そう思った。

「そう。あたしにもいるよ、一人だけ」

男の子が満面の笑みを浮かべて、良かった、といった。見ているだけで相好が崩れてしまうような、輝くような笑顔だった。

自分に友だちと呼べる相手などいない。でも、と自分に言い聞かせてみる。老い先短い人生だけど、でも、まだ終わったわけじゃない。ここからだって、友だちはできるかもしれない。とりあえずその一人ってのを、これから探してみるのも悪くはない。それは自分の心の持ちようひとつだと、この小さな子から教わったから。

そんなことは、本当はとうにわかっていたことだけど、改めていま教えてもらったから。

「おばあちゃん、泣いてるの？」

「泣いてなんかないさ」

「だって」と、目のあたりを指さす。

「ああ、これは涙なんかじゃないの。鼻水」

「なんで目から鼻水が出るの？　鼻水は、鼻から出るんだよ？」

「年をとるとね、目から鼻水が出るようになるんだよ。よーく覚えておきな」

また子どもに嘘を教えちまった。人の性格なんて、そう簡単に変わるもんじゃないね。

そのとき、ふっと古い唱歌が脳裏に浮かんでくる。

叱られて　口には出さねど　眼になみだ

※唱歌『叱られて』

上にサバ

土谷早苗　98歳

高齢を　ほめられたくて　上にサバ

＊

祖母は今年で九十八歳になる。一般的にいえば、かなりの高齢だ。けれども足腰はしっかりしているし、もちろん頭のほうだって、しゃんとしている。

夫を亡くして一人暮らしをしており、ちゃんと料理もする。本人に言わせれば、昔に比べたらかなりの手抜きだというし、スーパーで買ってきたお惣菜も、忙しいときはパックからそのまま食べることもしばしばらしいけど。

おばあちゃんの凄いところの一つが、いまも趣味でつづけている写真である。初めて自分のカメラを買ったのが二十代半ばの頃だというから、かれこれもう七十年に……七十年？　改めて考えると気が遠くなってくる。

渚がいま向かっているのは、その祖母が暮らす小高い丘の上のマンションだ。最寄りの駅から歩いて十分ほどだけど、丘だから上り坂になっている。これが、運動不足の自分にはきつい。祖母が、これをほぼ毎日やっているのかと想像するだけで、もう充分尊敬に値すると思う。坂の途中で一度休み、ようやくマンションに着いた。

インターホンを鳴らすと、すぐにガチャリと鍵が開いた。

「元気にしてた？　おばあちゃん」

「元気だよ。あ、外から来たら、手あい、うがらい忘れないでね」

……？　数秒考え、うがい手洗いかと腑に落ちた。こぢんまりとした座卓の上には、ノートが開いてある。

「何をしてたの」

「個展用の、ほら、あれ……解説」

老眼鏡を鼻から外し、ノートの上に置く。几帳面な文字が書き連ねられていた。コーヒーでいいかと訊かれたので、もちろんと答えた。祖母は毎朝ちゃんと、一日分のコーヒーをドリップするのである。

祖母は今年、写真の個展を開くことを決心した。長年、趣味で撮りためてきたものの中から選りすぐった写真を、会場を借りて興味を持ってくれる人に見てもらいたいというのだ。そして孫娘である渚が、そのお手伝いをすることになった。

「まだまだ時間があると思っていたのだけど、あっという間に残り二週間だって。ほんと、年をとると時間の進みが速くて困るわよ」

「でも、ずいぶん前から準備してたから楽勝だと思ったんだけどなあ」

「あたしも……でも写真選びに、想像していた以上に時間がかかってしまってね。どれもこれも愛着のあるものばかりだから」

「それは、少しわかるような気もするけど」

コーヒーカップを二つもってきて、祖母が座布団に座った。ぷん、と香りが立った。ひと口飲むと、ちょっと苦くて甘い味。座卓の上の皿には、むいたリンゴが切って置かれていた。

「ほらほら、リンゴ食べなさい。おいしいよね、リンゴ。体にもいいんだから。昔からこんな諺（ことわざ）があるの、渚ちゃん知ってる？〈リンゴが赤くなると、柿が青くなる〉」

そんなわけない。確かに実る時季は近いけど。

「〈リンゴが赤くなると、柿が赤くなる〉だった？　ん？〈柿が赤くなると……〉」

お願い、柿から離れて。

「〈リンゴが赤くなると、医者が青くなる〉じゃないかな」

「ああ、そうだったかねぇ……ともかく栄養満点だから、あたし大好き」

一切れ食べ終えると祖母は言った。

「何しろ七十年だからねえ。これまで全部で何回シャッターを押して、全部で何枚の写真を焼き付けたか知らないけど、膨大な枚数なのは確かだもの」

「正確にかぞえてないの」

「かぞえるわけないでしょう。かぞえられるわけないよ、多すぎて」

前に話してくれたことがある。一度撮影に出かけたとして、昔だったら三十六枚撮りのフィルムを何本かもっていって、いいと思った風景や花や人を撮影してくる。現像も焼き付けもすべて自分でやって、その中から納得できる写真だけを残す。

デジタルカメラになってからは随分勝手が違うようだが、その分、シャッターを切る回数は増えたというから、確かに全体の枚数なんて想像もつかない。

そんなことをくり返していくうちに、どの写真も好きになってくるのだという。ときどき思い立って整理しようとするらしいけど、廃棄されるものはほとんどないそうだ。それはそうだろうなと思う。渚だって、好きで集めている小さな食器は捨てられない。

「あたしはプロじゃないからね。プロなら、これはお金になる、これはお金にならない、という判断基準があると思うけど、あたしにはそういうのがないから。自分の写真、ぜーんぶ好きだから」

「わかるけど、そのぜーんぶを個展で見てもらおうとしたら、東京ドームを借りなくちゃいけなくなるもんね」

かなり以前から写真仲間に、個展にかかる費用について話を聞き、相当前から節約してコツコツ資金を貯めてきたのだと教えてくれた。ちなみに写真仲間は、当たり前だけど、全員が年下だそうである。

祖母は、本当はプロのカメラマンとして働きたかったとも言っていた。けれども、そんなことはとても親と時代背景が許さなかったそうだ。何しろ生まれたのは、大正時代なのである。

「昔ね、職業婦人という言葉に憧れていたの。あら、〈あたしはね　職業婦人に　憧れた〉……いいじゃない」

彼女は何か心に留まることがあると、即興で五・七・五にしたがる。これに収まると気持ちがスッとするそうだ。

「それで、写真の点数はもう決めた？」

尋ねると祖母は力なく首をふった。

「それがね、あれも入れたいこれも入れたいとなって、増えては減らしてのくり返し。あの会場だと、どうがんばっても三十点が限度だというのはわかっているんだけど」

「決まってないのに解説は書きはじめてるの」

「約二十点は、もう決定した。だから、その分だけでも書いておこうと思って」

「なるほど。苦しい選択作業から、現実逃避してるわけだね」

こくりとうなずいてから、フフッと笑う。

「写真を見ていると、いろんなことを思い出す。森の紅葉を撮った写真なら、撮影したときのこもれ日の光線の感じ、葉ずれの音、鳥のさえずり、腐葉土の湿った匂い、どこからか聞こえてくる川のせせらぎ……もう何十年も昔のことなのに、その一枚をじっと見つめているうちに、あのとき五感に訴えかけてきた風景が、ありありと思い出されてくる。不思議なものだよねぇ」

そう言ってほほえむ祖母は、小さな女の子のようでもある。ここまで年を重ねると、子どもに戻るものなのだろうか。いつか祖母から聞かされた昔話を思い出した。

祖母は結婚して土谷（つちや）の姓になったが、もとは津久毛早苗（つくもさなえ）といった。津久毛という名字が好きだったから、結婚が決まったときは寂しかった。

「だって、土谷って何だか地味じゃない？」

そう言われたときには思わず笑ってしまった。だからなのか知らないが、写真コンクールや仲間との写真展では、〈九十九早苗〉というペンネームを、たびたび使っていたそうだ。そう、津久毛も九十九も、ツクモと読むから――。

「さてと、私は決定した写真を、額縁に入れる作業でもやるとしますか」

渚は立ち上がって腕まくりをすると、額縁を取りに納戸へと向かった。

*

渚は個展会場となるギャラリーに来ていた。祖母の写真の搬入日時を確認し、注意点などあれば聞いておきたかった。ちょうど街に出かける用事があって、ついでに立ち寄ったのだ。

担当者の男性は、手に持ったイベントスケジュール一覧が入っているらしきタブレット端末を操作しながら言った。

「えー、土谷早苗さん、と。ああ、十一月十五日から五日間、ギャラリースペースCですね。そうすると、写真の搬入は前日の十四日、受付は午前十時からになります」

「あの、初めてのことなので全然勝手がわからないんですけど、そんな素人でもたった一日で準備できるものでしょうか」

男性は、ちらと渚を見てから言った。

「大丈夫だと思いますよ。だいたい皆さん、搬入は前日で済ませてしまうようですから。初めてという方には、展示方法のアドバイスもできますし、展示に必要な用具も貸し出しますし。それと、事前にわかればスタッフが展示のお手伝いも……」

「えっ、手伝っていただけるんですか？」

「早めに教えてもらえれば、スタッフのスケジュールを調整してお手伝いできますよ」

「ぜひ、ぜひお願いします！」

「準備作業は、お一人で？」

「いいえ、三人ですけど、一人は高齢の祖母なので……」

「なぜ、その高齢の方が搬入のお手伝いに？」

そうか、彼は勘違いしているのだ。

「いいえ、お手伝いするのは私と夫で、個展をやるのは祖母の土谷早苗なんです」

「えーーーーー!?」

悲鳴にも似た声をあげてから、彼はタブレット端末をのぞき込んだ。

「土谷早苗さん、九十八歳……ほんとだ。僕はてっきり、あなたがその方だとばかり思って」

「私も祖母からその話を聞いたときは、自分の耳を疑いましたから無理もないです」

気をとり直したように言う。

「えーと、写真点数は三十点。額縁はお持ちですか？」

「祖母が自分で選んで、私が用意しました。でも点数が点数なので、私だけで運び込んだり展示したりは大変だろうと考えて、力仕事要員として夫にも頼んだんです」

「なるほど。額の吊り下げ用フックや留め具も、うちにたくさんストックがあるので貸し出せますし、さっきもお話しした通りスタッフも手伝いますから、大丈夫だと思います。あ、受付を設置するならテーブルも用意しなくちゃいけませんが、どうしますか」

少し考えて答えた。

「祖母の性格からすると、きっと受付は不要だと思います。あとで確認しておきますけど」

確認事項と注意点が記されたプリントを受け取る。

「それにしても、びっくりですよ。もしかすると、このギャラリーでの個展としては最高齢じゃないかなあ。いやー、本当に凄い。まさに快挙です。僕らも応援してますから、よろしくお伝えください」

礼を述べてビルを出た。ケヤキ並木の通りを駅に向かいながら、祖母が初めて今回の個展について言い出した日のことを思い出していた。

一年ほど前、渚たちの家にタクシーで来たときだった。おいしい牛肉をいただいたから食べにこないかと誘ってみたら、高齢なのに肉好きな彼女は、よろこんでやってきたのだ。

「じつは、あたしの人生における最初で最後の個展を、やってみたいと思ってるの」

食事のあと、祖母が唐突にそう言ったから、理解するのに少し時間がかかった。

「個展、ですか？」と、夫の明夫が言った。

「写真の？」と、渚も言った。

祖母は無言のまま、しっかりとうなずいた。

「大丈夫なの？」

何がどう大丈夫かと尋ねているのか自分でも不明のまま、渚の口から言葉が出た。

「大丈夫って、お金のこと？　体力のこと？　それとも他のこと？　ちなみにあたし、まだボケてないからね」

「それは私たちも知ってるけど……費用がどれぐらいかかるのか、まるで知らないけど、お金は大丈夫なの？」

「もちろん。じつはこのことは、もう十年以上前から考えていて、コツコツと貯金をしてきたから。借りたい場所の候補も考えてある」

そして市内の公共施設にある、ギャラリースペースの名を挙げた。すでに電話して、借りられる条件なども聞いたというので驚いた。準備万端である。写真の個展を開くというのは、もう何十年も前から胸で温めてきた念願だと言った。

撮影で出かけるたびに、実現するかどうかもわからないその日のために、と心して撮影してきたそうだ。そして祖母は少し伏し目がちにつづけた。

「ただ、あたしも百歳でしょう。だから少し心配なところもあって……」

「いや、おばあちゃんは、まだ九十八歳でしょ？」

渚が言うと、「そうだった？」とトボける。九十五歳を過ぎた頃から、わざとなのかどうか知らないけど、人に百歳と言うようになっていた。「とても見えない！」「お若い！」という反応を見たいのかもしれないと、夫とは苦笑し合っていたのだが。

「なにしろ年だから、展覧会となったらいろいろ面倒な手続きもあるはずだし、力仕事だってあると思うけど、そこがちょっと心配で、できれば渚ちゃんにも手伝ってもらえないかなと思ったんだ」

「そういうことだったら、おれもよろこんで手伝いますよ。なあ？」

「うん、もちろん。でも本当に……」

大丈夫？　と言いさす。祖母は昔から、しっかり者で物事をよくよく考える女性だった、と思い直した。その彼女が、長年温めていたことなのだ。考えに考えた末、家族、親族の中でも動きやすい立場で、しかも頻繁に会って仲のいい自分に打ち明けてくれたのだと思った。

「わかった、何でも言って。おばあちゃんの手足になって動くから」

「よかった。ありがとう」

本当にありがとうねと、祖母は深々と頭を下げた。夫が両手を振っていう。

「そんな、やめてください。水くさいじゃないですか。おれは力仕事要員ですから、どんどんこき使ってもらっていいんで」

「肩が痛いんじゃなかったの？」

「大丈夫。安斎整骨院に通って、個展までに肩は治しておく」

祖母が真顔に戻ってこう言った。

「最後に、ひとつだけ大事なお願いがあるの。このことは誰にも知らせないでほしいんだ」

思わず夫と顔を見合わせた。祖母がつづけた。たくさんの人に知らせると、家族や身内の中に年齢やお金のことで、必ず反対する人が出てくる。いくら反対されたって、自分はもうやると決めているのだから、誰が何と言おうと実現させる。だから、今さらやるやらないで言い争ったり口論なんてしてて、心身をすり減らしたくはない。

「だから息子や娘家族にも親戚にも言わないで、渚ちゃんと明夫さんだけの秘密にしておいてもらえる？　お願い」

そう言って両手を合わせる。この話を聞いて、ゆるぎない祖母の決意を見た気がした。

「わかりました」

渚と明夫の声がダブった。それを聞いた祖母はケラケラと愉快そうに笑った。

祖母を見送ったあと、渚は思った。祖母の決心と行動力に感心、というより、感動していた。あんなに高齢なのに、数十年来の願いを、いままさに叶えようとしているなんて――。

以前、渚は祖母から「あなたの年齢なんて赤ちゃんみたいなもの」と言われたことがある。こんなに笑いじわの多い赤ちゃんなんている？　と二人で笑い合ったものだけど、実際に自分のこの年齢で何か大きなことをやれる勇気も度胸もない。

私のおばあちゃんは、やっぱりカッコいい。

＊

いよいよ個展の初日を迎えた。渚はタクシーで祖母を迎えに行った。

「すごいね。気合いを入れるために、珍しくパーマをかけたんだ」

車に乗ってきた祖母の、きれいな銀髪にウェーブがかかっているのを見てほめた。祖母がまっ赤な目で答える。

「これ、寝ぐせ。あたしがパーマ屋さんなんて、行くわけないじゃない」

ドライバーのおじさんが笑った。本当にこれが寝ぐせなら、きっと写真の神さまが、晴れ舞台だからと奮発してくれたに違いない。それほど見事に整ったウェーブがかかっていた。

「髪は真っ白できれいだけど、目がまっ赤。どうかした？」

「じつは昨日、ほとんど寝られなかった。一晩中ふとんで横になってはいたのよ。でも緊張と興奮で、ずっと目を閉じていただけ」

「初日だっていうのに、それじゃ大変。いまは眠くないの」

「眠気は大丈夫だけど、身体がすごくだるい」

ギャラリーに着いてから、係の男の人に頼んでバックヤードにソファを用意してもらった。祖母は個展期間中は、開場から閉場までずっと会場に詰めるつもりでいる。万一にでも倒れられたら大変だから、少しでも仮眠してもらわないと。

オープンは十時だが、念のため八時半に待ち合わせた。前日の搬入では、夫が有給休暇を取って頑張ってくれたので、展覧会中は渚が付き添うことになっていたのだが……。初日から不安な出だしとなってしまった。

祖母にはソファで横になってもらって、渚が最終確認をすることになった。ギャラリー内を見て回り、写真一点一点が傾いたりしていないかを見ていく。何点か額縁が斜めになっていたので直し、係の男性からも問題なしのお墨付きをもらい、胸を撫でおろした。

開場時刻まで、あと三十分。とうとうはじまる、そう考えていたら心臓が早鐘を打ちはじめた。休んでいる祖母のようすを見にバックヤードへ入ると、野太い音がする。何事かと耳を澄ますと、祖母のいびきだった。

うん、これなら大丈夫。不思議に、胸の鼓動も治まってきた。

開場時刻になった。しばらくの間、人っ子一人やってこなかった。受付はないものの、四隅に椅子、中央には三人掛けのソファが二つ用意されていた。

一人の来場者もいない、がらんとした空間で、祖母は所在無げに椅子に座っている。渚も同じ心持ちでソファに腰掛けていた。受付は用意しなくていいと告げたのだけど、係の人が祖母の情熱にいたく感激して、事務局のほうで簡単なチラシを作って二十枚プリントし、ソファの上に置いてくれていた。暇だったから一枚手にとり、改めて眺めた。

生誕から現在までの、ごくごくかいつまんだプロフィールと主な受賞歴、そして写真三十点の撮影年と場所が記されている。祖母に見せると、「簡便でいいね」と言った。何事にも控えめで恥ずかしがり屋だから、自分をアピールするようなことは恥ずかしかっただろうが、その好意はうれしかったに違いない。

最初に人がきたのは、一時間半ほどたった頃だった。いかにも興味津々という雰囲気の女の子と、あまり気乗りしてなさそうな男の子の二人連れで、まだ二十歳前後に見える。

「あのー、見てもいいですか？」と女の子が言った。

「もちろんです、写真展ですから」と渚は答えた。

チラシを二枚持ってきて手渡した。女の子は、ありがとうございますというと、チラシに目をやった。「ごゆっくり」といって隅の椅子に戻った。

しばしそれを見ていた女の子は、男の子のほうへ近づいていき、ひそひそ声で何やらささやきかけた。「えっ！」と男の子が反応する。それからキョロキョロと会場内を見渡すと、奥の一番隅っこの椅子に座っている祖母に目を留めた。

渚は祖母のことを話そうかとも考えたが、そういうのは押しつけがましいかもしれないと思い直して、やめた。祖母だってお節介と思うだろう。

ずいぶんと時間をかけて鑑賞したのち、二人が近づいてきて言った。

「あの方が、この個展を？」手のひらを上に向けて尋ねる。

「ええ、そうです。写真歴は七十年ぐらいだそうですよ」

二人は目を丸くした。本当に、目って丸くなるんだなと少しおかしくなった。

「相談、というかお願いがあるんですけど……この個展の写真、撮影しちゃダメでしょうか？」

念のため祖母に確認した。

「写真を撮ってもいいかって、あの若い人たちが」

居眠りしかけていたのか、ぼんやりした表情で「いいよ」とだけ答えた。その旨を伝えると女の子が言った。

「私たち、仙台学院大学の写真同好会なんです。土谷さんの写真、私たちにもすごく伝わってきて、これまでの長い長い時間を想像したら、なんだか胸にジンときてしまって」

「ここの写真、ぜんぶエモいっすよ！」

男の子が初めて発言した。渚にはわからないと思ったのか、女の子が「心に響いたという意味です」と補足説明した。しばらく写真を撮ってから、二人は祖母のところへ行って二言三言、言葉を交わした。そして渚にも礼を述べて帰っていった。礼儀正しい子たちだった。

祖母のそばへ行くと「写真展の写真を撮っていくなんて、面白い子たちだこと」との感想だった。写真同好会のことを話すと相好を崩し、うれしそうに「あたしの遥か彼方の後輩ね」と笑った。そして、疲れたから休んでくるとバックヤードに消えた。

若い二人が呼び水になったのか、高齢男性の三人グループがやってきた。一人が大きめの花束を抱えていたので、知り合いかもしれないと思い、声をかけてみた。

「あの、土谷早苗のお知り合いの方々でしょうか」

三人がこくりとうなずく。見事なほど禿げあがった男性が、「写真仲間なんですよ」と言った。自分は孫だと告げ、祖母の体調を伝えて、いま呼んできますと言うと「いいです、いいです」と断られた。

「土谷さんは何しろ年が年ですから、大切に扱ってあげないと。まあ私らも、たいがい年なんだが」

そういうと三人は、ハッハッハと愉快そうに笑った。花束を渡されたので、入り口横の椅子に立てかけた。

「勝手に写真を見てますから、どうぞお構いなく」

迷ったものの、彼らが言うことにも一理あるので従うことにした。帰る頃までには起きてくれるといいのだけど。

三人は、じっくり時間をかけて鑑賞した。一枚ごとに写真の前に立ち、ああでもないこうでもないと論評し合っている。ひそかに聞き耳を立てていると、非常に好意的な意見のようだった。最高齢であることも理由なのかもしれないが、どことなく祖母に一目置いているようすも感じられる。

すべて見終わったときには一時間ほどがすぎていた。

「それじゃ土谷さんに、よろしく言っといてください。すばらしい個展だったと」

彼らがそう告げた、ちょうどそのとき、バックヤードの扉が開いた。

「あら皆さん、来てくれたの」

そこからは、写真愛好家どうしの話題に花が咲いた。祖母の笑顔は絶えず、本当に愉しそうに見えた。それから交代で遅い昼食をとった。

写真仲間の人たちが帰ってからも、数人は来たものの、結局、初日は十一人の来場者だった。芳名帳の名前や住所はいらないけれど、開催中に何人来てくれたか正確に知っておきたいと祖母が言うので、事務局から手動式の計数カウンターを借りていた。

かなり少ないと思えるその人数を教えても、祖母は特に気落ちするようすもなかった。

＊

翌日も、その翌日も、客足に大きな変化はなかった。この個展は平日から週末にかけてが開催期間となっているため、二日目十五人、三日目二十人……というようにわずかに伸びてはいたものの、しかしその程度である。

明日が最終日という日の午後、渚は祖母と二人でソファに並んで座っていた。本日も、なかなかにヒマである。

「ねえ、おばあちゃん。やっぱり友だちや知り合い、親戚とかにもう少し声をかければよかったね」

「どうして？」

「だってそうしてたら、見にきてくれる人も、もうちょっと多かったかもしれないじゃない」

「前にも言ったでしょ。たくさんの人に来てほしいなんて思っていないんだから。数は少なくとも、本当に興味がある人に、あたしの写真を心に留めていてもらえたら、それで充分」

本心なのか、それとも意固地になっているのか、渚にはわからなかった。ちょっと意地悪な質問をしてみたくなった。

「だったら、どうして来場者の数をかぞえてほしいって私に頼んだの？」

祖母は、ふふっと笑って、こう答えた。

「個展が終わったら、何度も何度もくり返し、この五日間のことを思い出すと思う。そのとき、よりくっきりと思い出すためのよすがに、数字がなってくれると思ったからだよ」

「だったら、やっぱり多いほうが……」

「量より質」

ぴしゃりと、そう言った。珍しく決然とした口調だったから驚いた。壁に吊り下げられた自分の写真を、ぼんやりと眺めているその横顔を盗み見た。確かに口許には、かすかな笑みが浮かんでいる。

昨日も、その前もそうだったのだけど、本人が何度も口にしているように、本当に満足そうに見える。

「ねえ、おばあちゃん。長年の念願だった個展がこうやって実現して、いまどんな気持ち？」

祖母は心もち首をかしげると、しばし黙ったまま考えていた。やがて、こう言った。

「自分の人生も、まんざらじゃなかったな。あえて言葉にするとしたら、そんな感じかもしれないね」

まるで他人事のように言う。

「人様よりは多少長く生きてきて、これまでもそれなりに良い人生だと思うことはあった。でも、こうして実際に願いが形になって、毎日毎日この空間にいることができて」

そこで祖母は右手を伸ばすと、渚の左手にトントンとやさしく触れた。

「こうして、かわいい孫にも付き添ってもらえて、本当に果報者だと思ってる」

ぐるりと四方の壁を見回す。

「こんな風に自分が撮影した写真に囲まれて、逆に、あたしのほうが写真から見られているみたいだよ」

うつむいて、少し考えてから言った。

「ううん、違うな。写真に見られているんじゃない。この一枚一枚の写真を撮ったときの、そのときの自分に見られているんだ」

最後は、自分自身に言い含めるような口調だった。相変わらず来場者は少なかったけど、妙に満ち足りた心持ちにしてもらえた一日だった。

明日の日曜日が、おばあちゃんの個展、最後の日だ。

*

信じられないことが起きた。

最終日、突如として来場者が急増したのだ。いや、渚としてはそんな表現では物足りない、激増でも言い足りない、爆増という、少々はしたない言葉まで使いたくなるほどの凄まじさだった。

最初に異変を感じたのは、開場前に人が行列しているのを目にしたときだった。ギャラリーはA・B・Cとあって、祖母のCが一番規模が小さい。だから開場前は、AかBで人気の催し物でもあるのだろう、もしそうならその流れで、うちにくる人が少しでも増えたらいいなと、そんな調子のいいことを考えていた。

しかし、ふたを開けてみたら、並んでいたほぼ全員が、ギャラリーCへとなだれ込んできたのである。口をあんぐり、というが、そのときの祖母と渚はまさにその状態だった。

「渚ちゃん、どうしよう」

おろおろしながら、渚の手を握りしめてくる。渚も握り返して手をとり合った。

「どうしようって言われたって、私だって何がなんだか、さっぱり……」

出て行く人より入ってくる人の数が多い、という状況がつづいた。もう何がなんだかよくわからなくなっていた。

人波を呆然と眺めながら、渚はふと、ある傾向に気がついた。

若い人が多いのだ。写真なのだから中身に老若は関係ないが、これまでの四日間に比べて明らかに、いや、圧倒的に二十代から三十代の年齢層が多い。

意を決して、渚は若い女性の二人組に声をかけてみた。

「ごめんなさい、この個展の関係者なんですけども、お二人は何でこの写真展をお知りになったんですか」

二人は反射的に顔を見合わせ、それから訳もなくキャハハと笑った。二人同時にスマホをとり出すと、同時にディスプレイを指でさわる。

「ツイッターです。それと、インスタでも」左の子がそう言うと、右の子がつけ足した。

「百歳の写真家のおばあさんが……あ、ごめんなさい！」

「別にそれはいいの、本当におばあさんですから」

気になったのは〈百歳〉のほうである。

「最初で最後の個展らしいってツイートした人がいて、それにたくさんの〈いいね！〉が付いて、プチバズりになって……ほら、これです」

ディスプレイを拡大して見せてくれた。発信元の欄には〈仙台学院大学写真同好会〉とあった。初日、一番最初に来て話した、あの二人組の若い子たちだと直感した。二人で写真を撮っていって、きっとあの瞳をキラキラ輝かせていた女の子が、ツイッターとインスタとやらに載せてくれて、それが数日かけて拡がっていった——。

そして今日が最終日ということで、一気に人が押し寄せてきた。そういうことなのかもしれない。投稿の見出しには、本当に〈百歳の女性写真家、最初で最後の個展！〉とある。渚は礼を言ってから、少し考えてみた。

なるほど、と思い当たる。祖母は若い二人に年齢を聞かれて、つい「百歳なの」とでも言ったに違いない。年を上にサバ読みしたがる、いつものあの癖で。そして、びっくりするか感激するかした女の子が、それをSNSにアップし、一気に拡がった可能性が高かった。

チラシには誕生年は入っていたものの、女性だからと気を使ってくれたのか、いまの年齢は入っていなかった。祖母が誕生した年は大正時代なので、あまりに古すぎて、正確な年齢の間違いに気づかなかったのだろう。

〈百歳の写真家〉〈最初で最後の個展〉という文言には、確かにインパクトがある。渚だって見に行きたくなるかもしれない。年齢詐称だけど……。

それにしても、と大勢の人々でごった返している会場を改めて見回しているうち、なんだか目頭が熱くなってくる。こんな夢のようなことがあるんだな、と感じる。一大決心をして長年の願いを実現した個展会場で、おばあちゃんにとって、これ以上のご褒美ってあるだろうか？

そうだ、「量より質」だっけ……。祖母は隣にちんまりと座って、人波を見つめている。「茫然自失」という言葉を全身で表現するとこうなります、という体で固まっている彼女に、意地悪な質問をしてみたくなった。

「おばあちゃん。量より質って言ってたけど、どうする？　量のほうが、こんなに集まっちゃったけど」

祖母は作り物の人形のように、ゆっくりと顔を向けて言った。

「量も、質も、どちらもたくさんなのも悪くないね」

思わず、ふき出した。おばあちゃん、意外に欲張りだ。

来場者の多くが、祖母の年齢のことを知っているようだった。老若男女を問わず、次々と人が近寄ってきては祖母と話をしたがった。疲れた顔も見せずに、祖母も一人一人にていねいに対応している。

八十代だという女性が、「高齢者の希望の星です」と感極まって涙ぐむ場面さえあった。そんな人に向かって祖母も、「八十代なんてまだ若いんだから」と励ましていた。心和む良い光景だった。

昼食の時間になると、さすがに人も減ったので、いつものように渚は昼ごはんを買いに出た。人が少ない時間帯を見計らって、バックヤードで昼ごはんにする。まず祖母に食べさせてから、渚も交代でバックヤードへ入った。

おにぎりとカップスープで軽くすませ、温かいお茶を飲んでいると、何やらギャラリーのほうが騒がしい。出てみると、午前中ほどではないものの、けっこうな人で賑わっている。そんな中、祖母をとり囲むように遠巻きに立っている人垣が目に入った。

トラブルだろうかと慌てて駆け寄る。

「どうかしましたか？　私、土谷早苗の孫ですけど」

祖母に話しかけていた眼鏡の女性が、こちらに向き直った。

「私、宮城新聞の記者なんですが、いま土谷さんにお話を聞かせてもらえないか、お願いしていたところで」

「もしかして取材ですか」

はい、と答えてにっこり笑う。有名な地元紙だ。

「おばあちゃん、取材されるの?」

「そうみたいだねえ」

すごい! と反射的に声が出た。個展を何で知ったか尋ねると、やはりあの大学の写真同好会だった。恐るべしSNS。

少し離れて取材のようすを見守った。周りにはそれを遠巻きに眺める人垣ができた。祖母はソファに腰を下ろして、記者の質問に受け答えしている。我が祖母ながら、どこか誇らしい気持ちでいっぱいになってくる。

取材後は記者が何枚か写真を撮り、それが終わると近づいてきて言った。

「私も知ったのが昨日のことで、今日すぐに取材に飛んできたんですが、最終日だというのでとても残念です。初日に来られたら、もっとたくさんの人たちに知らせることもできたと思うんですけど」

祖母の「量より質」のエピソードを話すと感心していたが、「量も質も」の話を告げると、おかしそうに笑った。何度も礼を述べて、地元紙の記者は帰っていった。

最終日は、閉場時刻が一時間早くなる。撤収と後片づけがあるからだと、係の人から言われていた。この大盛況ぶりを見ていると、なんだか惜しい気もしてくるが、決まりなのだから仕方がない。

徐々に人の波もおさまってきた。残り一時間を切った頃、ひとりの男性がやってきた。厚手のコートとマフラー、ウール地の帽子から白髪がのぞき、見るからに老紳士然とした佇まいはどこか風格を感じさせる。こちらに軽く会釈をすると、写真を熱心に見はじめた。

人酔いをさますように、しばし二人でぼーっとしていた。やがて祖母と渚が座っているところに、あの老紳士が近づいてきた。

「突然、申し訳ありません。私は兵藤と申しますが、こちらが」と祖母を手のひらで示す。

「土谷早苗さんでいらっしゃいますか」

祖母が疲れたようにうなずく。今日一日で、一年分しゃべった気がすると、さっき話していた。

「すばらしい写真を拝見できて、本当に感謝いたします」

祖母はぺこりと頭をさげた。彼も目尻にしわを寄せて、にこりと頭をさげる。

「こんなことを言うと、なんと不躾な男だと思われるかもしれませんが、無理を承知でお願いしたいことがあるのです。そのために今日、終了前に足を運ばせていただいた次第で」

「なんでしょう？」

兵藤氏は、いったん視線を足元に落とし、顔をあげてからこう言った。

「写真を、撮っていただけないでしょうか」

意外すぎたのか、祖母は無言のまま相手を見つめている。

「失礼を承知で申し上げるのですが、私の写真を撮影していただけませんか？　つまり、肖像写真ということですが」

奇妙な沈黙が三人の間に落ちた。祖母は彼をじっと見据え、彼も祖母をじっと見返した。しばしの後、祖母は言った。

「でも肖像写真だったら、街の中にいくらも写真館があると思いますけど」

「もちろんそれは承知しております。ただ、この個展を拝見して、私はどうしても土谷さんに撮っていただきたいと、強く思いました。何より私にとって重要なのは、土谷さんがプロの写真家じゃないということなんです」

祖母の顔に、意外そうな表情が浮かんだ。

「そしてできれば、モノクロ写真で……あの写真がございましょう？」

彼は、ちょうど祖母のうしろ側に並んでいる写真を指した。

「あの五枚並んだモノクロ写真、あれに深い感銘を受けたのです。私もこんな風に撮ってもらえないものだろうか、と。許されるのならば、それを遺影写真にしたいと考えています」

祖母だけでなく、渚も驚いた。

「もちろん、この突然の非礼な申し出をご快諾いただけたなら、という話です。どうか、ご検討いただけませんか？　もちろん相応の礼は致します」

祖母は戸惑ったように渚を見た。そんな目で見られても、私には何の権限もないんだから。

「この場ですぐにお返事がいただけるとは考えていません。さすがにそこまで厚かましくはありません」

彼は背広の内ポケットから名刺を出して、祖母に渡した。のぞき見ると、会社名も肩書きもない〈兵藤信一（しんいち）〉という名前と連絡先だけが印刷してあった。

「どうしてもその気になれないという場合には、ご連絡いただかなくてけっこうです。万一、引き受けてもいいとお考えになられたときのみ、ご連絡いただければと思います。もしそうなれば私にとって、この上ない僥倖（ぎょうこう）です」

そう告げると、兵藤氏は深々と一礼をして立ち去った。

祖母と改めて顔を見合わせた。嵐のような一日で、しゃべりすぎたのか、ややしゃがれた声で祖母は言った。

「さあ、後片づけの大仕事が待ってるねぇ」

＊

写真展のあと、ちょっと面白い後日譚があった。

一週間ほどたった頃、渚のスマートフォンに実家の固定電話から電話が入った。父からで、最初のひと言が「なんで黙ってたんだ！」だった。愛読している地元紙で、祖母の写真展の記事を発見したという。

「エモい写真を撮る100歳の写真家」との見出しで、祖母の写真も掲載されていたそうだ。声が大きいのでスマホから耳を離して、叱責のような話をしばらく聞かされた。ただ、途中からは渚を責めるというより、どうして教えなかったんだという愚痴と、見逃したことを後悔するような口調に変わっていた。

「あの、怒らないで聞いてほしいんだけど」

あらかじめ予防線を張ってから、祖母の心情を伝えた。それなりのお金を費やして写真展を開くと言えば、子どもたちはきっと反対する。人生の記念に自分史を出版しようとして、家族に猛反対されて泣く泣く諦めた知人がいると、祖母が教えてくれた。事前に話せば、自分も多分そうなるだろう。

「そりゃそうだ、人生の最終盤にきて、なんで虎の子の金を使ってわざわざ写真展なんてものを……」

声が途切れた。電話の向こうで言い争っているようすである。だからお父さんと話すのは嫌なんだよなぁ、と思っていると、「渚？」と母の声がした。どうやら母が父から受話器を奪いとったらしい。

「ごめんね、びっくりしたでしょう」

「でもまあ、慣れてるから」

父は昔から激しやすいたちで、途中から自分でも何を言ってるかわからなくなる癖があるのだ。

「怒ってるように聞こえたかもしれないけど、本音は違うのよ。おばあちゃんの人生で最初で最後の写真展だというなら、ぜひ見たかったと思ってるみたい。だから渚たちだけを頼ってことを進めたのが、許せないというのか、悔しいというのか。そんな感じだと思う」

母も父も、いつからか祖母のことをおばあちゃんと呼ぶようになった。

「それじゃ、写真展そのものに反対というわけでもないの？」

「反対も何も、もう終わっちゃってるでしょ。ただ、もし事前におばあちゃんが相談してきたら、あの人のことだから、いまの調子で反対したとは思うけど」

相談しなくてよかったね、おばあちゃんの判断は大正解だったよ。渚は胸の中で拍手した。

「お父さんだって、子どもの頃から自分の母親の趣味がカメラだと知ってたから。ただ、どんな写真を撮っていたのか、子どもたちにはほとんど見せなかったらしい。いつかおばあちゃんが言ってた。あんな野暮天に、あたしの写真の良さなんかわかるわけないって」

「野暮天って、お父さんのこと？」

母は、くすりと笑った。

「ともかく、写真展が新聞の記事になるほど話題になったこと、お父さんは自慢に思ってる。それだけは伝えたくて、電話を横どりしたわけ。わかってね。できれば私は、写真展の空間で、おばあちゃんが撮った写真を見てみたかったけど、そこだけ残念。でも今度おばあちゃんのマンションを訪ねて、全部は無理でも写真を見せてもらうつもり」

「お母さんになら、よろこんで見せてくれると思うよ。でもお父さんは……」

「連れて行くかどうかは、考え中」

ふふっと笑う。

「そういえば一つ、渚に聞きたかったんだけど、どうして百歳ということになったの？」

祖母は数年前から、年齢を聞かれるとなぜか百歳と答えるようになったことを教えた。

「百歳と言うと驚いてくれるから、年を上にサバ読んでるわけね……そうそう、忠さんと光子さんからも電話があって、自分たちも子どもたちもよろこんでたと伝えてほしいって」

叔父と叔母たち家族の間でも、大きな話題になっているそうだ。それからしばらく写真展での出来事や、いとこたちの近況などを語り合ってから電話を切った。

家族親戚たちの総意を簡単にまとめれば、「写真展をぜひ見たかった」ということのようだった。


翌日、その話を伝えに祖母の家へ行ってみることにした。写真展のあと、もろもろの片づけを終えてから初めての訪問だ。居間でコーヒーを飲みながら、両親と親戚の話を告げた。ちんまりと背中を丸めて聞いていた祖母は、顔をあげて言った。

「そう、みんなよろこんでくれたの。良かった」

「でもお母さんは、もし事前にお父さんに相談したら反対したかも、って言ってたけど」

「そうかもしれない。あれは、そういう人間だから」

クッキーをぽりぽりとかじってから、祖母は言った。

「初日に写真展に来てくれた、あの若いカップルのこと憶えてる？」

「もちろん。最初のお客さんだったし、何よりおばあちゃんの写真展があんなに大盛況に終わった、いわば恩人だもん」

「実はあの二人から、正確にはお嬢さんのほうからだけど、電話がきて」

「たしか、仙台学院大の写真同好会の人だった。なんの話だったの」

「それがねぇ」と祖母は頰に手をあてて、少し困ったような顔をした。

「写真を貸してもらえないかと言うの。ぜひ自分たちで写真展を企画したいから、って言って」

頭が一瞬、空転した。祖母はあれを、最初で最後の写真展にすると決めていたはず……そうか、それで困っているのか。

「ところで渚ちゃん、バズるって何？」

あらためて聞かれると、どう答えれば伝わるのかがわからなかった。そもそもインターネットやSNSの説明がむずかしい。なので、スマホで意味を検索した。

「主にインターネット上で、短期間に爆発的に拡がって注目されること……らしいよ」

「たんに注目された、じゃダメなのかねぇ。あと、エモいっていうのは？　あの女の子、その二つの言葉をくり返し言ってたけど、あたし、意味がわからなくて」

また検索する。

「感動的、心が動かされる、趣がある、グッとくるなど、いろんな意味合いを含んでいる……そうです」

祖母は少し考えてこう言った。

「グッとくる、じゃダメなのかねぇ……いまどきの若い子は、それじゃダメなんだろうねぇ」

「それで、どうするつもりなの」

「もちろん断ったわよ。自分ではこれで最後にするって決めてたんだし、渚たちに手伝ってもらうときも、そう言ってたでしょう」

「その子、なんて言ってた？」

「若いのに、なかなか粘り強い子でねぇ。何度も何度も電話かけてくるんだよ。早苗さんには絶対に手間も迷惑もおかけしませんから、どうか考え直してもらえませんかって言われて、本当に懇願するという感じで、必死で……それで、つい根負けしてしまったの」

写真展で使用した写真は、そのうち時間を見つけて自分で整理するつもりだったから、納戸に積み重ねたままにしてある。うちまで取りにきてくれて、写真の取捨選択もそちらでやってくれて、搬出搬入の一切に祖母が関わらなくていいという条件付きで、しぶしぶ承諾したという。

「おばあちゃんは何もしないで、写真を貸し出すだけなら〈最後の写真展〉という自分との約束を破ることにはならないと思うな」

うーん、とまだ充分には納得しきれていないようすである。

「開催場所は、どこだって言ってたの」

「なんでも、大学の中にそういう展示する場所があって、そこでやるといってたけど。そこの学生だけじゃなくて、学校にかけ合って希望があれば一般の人たちでも観覧できるようにするつもりだって」

「良かった！　お母さん、すごく残念がってたんだから。できれば写真展の空間で見たかったな、って言って」

祖母と渚の母はもちろん血はつながっていないが、妙に馬が合った。祖母がもっと気軽に街へ出かけていた頃は、よく母と渚と三人で買い物や食事をしたものだ。

「叔父ちゃんや叔母ちゃん家族も、写真展の話題で盛りあがってたみたいだから、大学生の子たちがそんな風に盛り上げてくれて、また写真展を開いてくれると知ったら、よろこんで見に来てくれると思う」

それでも祖母らしく、不承不承という態度は変わらずだった。完全には納得できていないという風だった。ただ、最後にこんなことを言った。

「あんなに若い学生さんたちが、あたしの写真をいたく気に入ってくれた。そのことは、とってもうれしい。年寄りは、若い人たちに何かを手渡す役目があるからね」

＊

それから少したった頃、祖母から電話が入った。迷っていたが、兵藤氏に電話したのだという。肖像写真撮影の申し出を受けるためだった。モノクロで、現像も祖母がやることにした。フィルムの入手は、近年若い人たちの一部でフィルムカメラが小さなブームになっていたことが幸いした。デジタルカメラ全盛となって以降、フィルムそのものが入手しづらくなっていたのだという。いまは滅多に使わないそうだが、狭い現像室も残してあった。

そんなわけで、モノクロフィルムを手に入れ、兵藤氏の自宅へと出向き、丸一日かけて撮影した。一対一で向き合いたいとの祖母の希望で、渚は付き添わなかった。

祖母の言葉を借りれば、兵藤氏の自宅はそれまで見た中でもっとも大きく、もっとも豪華な邸宅だったそうだ。

「豪華といっても、西洋のお城みたいに派手だという意味じゃないの。純和風の平屋で、確か書院造りと聞いた気がするけど。深みのある家でね、青畳に土壁、柱も節一つない柾目(まさめ)のものばかりだった。何よりも家のなかの部屋の陰影というか、太陽光線の入り方がとっても美しくてねえ」

祖母は、うっとりしたような声で語った。陰影や光の加減に目をつけるなんて、さすが写真家だけあるなと感心した。

「住みたくなった？」

渚がそう言うと、祖母は受話器の向こうでしばし考え込んだ。そこまで真面目に聞いたつもりはないからと言いかけたとき、答えが返ってきた。

「住みたいとは思わないかな。広すぎるし、立派すぎるし、実際に住んだら疲れそうだもの。ほら、住めば都というでしょう」

間が空いた。小ぢんまりとした自宅のリビングと、そこから見える景色を改めて眺めているのかもしれない。

「あたしは、この家で充分満足。家族の思い出も、そこかしこに残っているしね」

うん、と渚は言った。

「ギャラリーの個展のとき、渚ちゃんから気持ちを聞かれたことがあったでしょう」

記憶を巻き戻した。

「自分の人生も、まんざらじゃなかった、と言ってたこと？」

「そう。あの兵藤さんも、同じような気持ちだったんじゃないかって、写真をたくさん撮りながら、ふと思った。どんな仕事をしてきて、どんなご家族がいて、どんな人生を過ごしてきた方なのか、そんな話はほとんどしなかったけども、あたしにはそんな風に見えたな」

時としてカメラは、肉眼で見る以上に、レンズを通して真実を写してしまうことがある、と祖母は言った。だから写真なのだ、と。経験の浅い人が言っても説得力はないかもしれないけど、ファインダーを七十余年にわたってのぞきつづけてきた人の言葉には、力がある。

「そして写真は、撮る側の心まで映し出す」

うーん、深い……。渚はあの個展以来、ずっと感じていたことを告げた。

「なんだかさあ、本当に良いことばかりが重なった個展だったよね。長い長い時間をかけて、おばあちゃんがちゃんと準備してきた賜物だと思う」

「ほんとに。年のわりには頑張った、そのご褒美だったのかな。ほら、諺でも言うじゃない？〈転ばぬ先の知恵〉って。知恵を上手に使って準備しておけば、悪い出来事を避けられる……」

「おばあちゃん、それ〈転ばぬ先の杖〉じゃないかな」

祖母は一瞬、電話の向こうで黙り込んだ。それから、クスッと笑ってこう言った。

「渚ちゃん、訛ってるよ？」

いや、訛ってませんから！　知恵じゃなくて、杖ですから！

半年後――。

夕方家事が一段落して、渚は新聞をパラパラと拾い読みしていた。県内版の紙面の、ある記事に目が留まった。

見出しには〈兵藤信一氏　死去〉とあった。顔と名前に見覚えがあった。祖母の個展最終日に来た、あの老紳士だった。

記事には、兵藤氏の来歴がまとめられていた。一代で兵藤グループと呼ばれる建設関連の企業体を築き上げた人物で、晩年は社会福祉に貢献するための財団を設立し、広く功績を認められた人、ということらしかった。

数年前から病と闘っていたが、自宅で息を引きとった。享年九十歳——。

祖母に電話して、その記事のことを教えた。「そう」とだけ答えると、祖母は受話器の向こうでしばらく黙り込んだ。切らないところをみると、まだ話したいことがあるのかなと思い、何も言わずに待った。

耳が痛くなってきて、持ち換えようとしたとき彼女が言った。

「わかっていたのかもしれない」

「……何を？」

「きっと、自分に残された時間を知っていたんだ。だからあのとき、肖像写真を遺影に使いたいと言ったんじゃないかしら」

言われてみればそうかもしれない、とも思う。

「死は、皆にひとしなみに訪れるもの。でも人生のどこかで、まんざらでもなかったなと思えたら、それはいい人生だったと、あたしは思う」

静かに言い切った祖母のその言葉を、渚は胸深くに刻み込んだ。

「そういえば、安斎整骨院の院長が、こんなことを言ってた。病気やケガを治すのは治療者ではなく、あくまで患者本人だってね。医療にできるのは治す手伝いだけで、治せるかどうかはあくまで本人次第。世界中のどんな名医でも、老いを治すことはできないんですよって。いいこと言うよね」

祖母のいくつもの名言は、その後長く、渚の心にとどまることになった。

名医でも　老いは治せぬ　ケ・セラ・セラ

参考資料

『もの忘れの脳科学』　苧阪満里子 著　講談社ブルーバックス
『もの忘れと記憶の記号論』　有馬道子 著　岩波書店
『もの忘れと記憶の科学』　五日市哲雄 著　田中冨久子 監修　日刊工業新聞社
『老後の真実』　文藝春秋 編　文春文庫
『葬式は、要らない』　島田裕巳 著　幻冬舎新書
『樹木葬を知る本　花の下で眠りたい』　千坂嵃峰・井上治代 編　三省堂
『樹木葬の世界　花に生まれ変わる仏たち』　千坂げんぽう 編著　本の森
『「お墓」の誕生　死者祭祀の民俗誌』　岩田重則 著　岩波新書
『「墓じまい」で心の荷を下ろす　「無縁墓」社会をどう生きるか』　島田裕巳著　詩想社新書
『ノルディックウォーキング　効果的な健康運動』
三浦望慶 編著　竹田正樹・高橋直博・冨岡徹・藤田和樹 著　アイオーエム
『フィットネスのためのノルディックウォーキング』　佐々木巌 著　大学教育出版
『てんぐめし』　さねとうあきら 作　村上豊 絵　世界文化ワンダーグループ

逝きたいな ピンピンコロリで 明日以降

三浦明博

一九五九年宮城県生まれ。明治大学商学部卒業。仙台の広告制作会社でコピーライターとして勤務。八九年にフリーに。二〇〇二年『滅びのモノクローム』で第四八回江戸川乱歩賞を受賞し作家デビュー。他の著書に『死水』『サーカス市場』『罠釣師　トラッパーズ』『コワレモノ』『失われた季節に』『黄金幻魚』『五郎丸の生涯』などがある。

第一刷発行　二〇二三年九月一一日

著者　三浦明博（みうらあきひろ）
発行者　髙橋明男
発行所　株式会社　講談社
〒一一二-八〇〇一　東京都文京区音羽二-一二-二一
電話　出版　〇三-五三九五-三五〇五
販売　〇三-五三九五-五八一七
業務　〇三-五三九五-三六一五

本文データ制作　講談社デジタル製作
印刷所　株式会社ＫＰＳプロダクツ
製本所　株式会社国宝社

定価はカバーに表示してあります。
落丁本、乱丁本は購入書名を明記のうえ、小社業務宛にお送りください。送料小社負担にてお取り替えいたします。なお、この本についてのお問い合わせは、文芸第二出版部宛にお願いいたします。

ISBN978-4-06-532821-7　N.D.C.913 261p 20cm